王旭烽 著

曲院风荷

浙江文艺出版社
Zhejiang Literature & Art Publishing House

图书在版编目（CIP）数据

曲院风荷 / 王旭烽著 . —杭州 : 浙江文艺出版社,
2024.6
　　ISBN 978-7-5339-7591-3

Ⅰ.①曲… Ⅱ.①王… Ⅲ.①中篇小说—中国—当代
Ⅳ.①I247.5

中国国家版本馆CIP数据核字（2024）第084156号

策划统筹 王晓乐		**版式设计** 徐然然	
责任编辑 汤明明		**营销编辑** 张恩惠　詹雯婷	
责任校对 许红梅		**数字编辑** 姜梦冉　诸婧琦	
责任印制 吴春娟			

曲院风荷

王旭烽　著

出版	浙江文艺出版社
地址	杭州市环城北路177号
邮编	310006
电话	0571-85176953（总编办）
	0571-85152727（市场部）
制版	浙江新华图文制作有限公司
印刷	浙江新华印刷技术有限公司
开本	889毫米×1260毫米　1/64
字数	53千字
印张	2.75
版次	2024年6月第1版
印次	2024年6月第1次印刷
书号	ISBN 978-7-5339-7591-3
定价	29.80元

曲院风荷　二我轩照相馆　摄于1911年

写在前面

1995年，我在浙江省文联工作，地点离西湖断桥很近。闻说断桥要断，赶去看时发现人群多挤在桥边担心，就想：断桥若真断了，许仙和白娘子怎么相会呢？因此触发了"西湖十景"第一部小说《断桥残雪》的创作动机。以后一年一部中篇，在双月刊文学杂志上发表，七部以后，开始两年一部，十三年后终于全部完成。

首先，这十部小说是十个爱情故事，红男

绿女，芳魂缭绕——《白蛇传》《梁祝》《李慧娘》，本来在西湖边发生的故事几乎就都是关于爱情的；其次，我企图在每部小说背后呈现一个杭州的文化符号，是看得见、摸得着的人文载体，比如荷花、古琴、金鱼、经卷、景观、花叶、印刻、书法、美术、工艺、戏剧等。最后，仅仅有文化事象不行，还要有哲理思考。比如《断桥残雪》里有关等待的意义；《平湖秋月》中当代社会精神与物质世界的审美对立，等等，它们通过十景中的意境一一传递。比如《三潭印月》，只有当你看出圆月是一滴饱满的、金黄色的、温暖的眼泪时，你的西湖边的人性解读方告开始。

十多年过去，小说曾经在高校成为线下课

程，也成为线上网课，被制成录像，也曾录成音频，拍成电影，成为行为艺术、实验文本。小说曾经作为整部形态问世，后又作为分册出版。我的朋友，曾任《江南》杂志主编的袁敏，作为被出版界盛赞的金牌编辑，提出这十部中篇应该构成分册型的整体，小巧而精致，知性且优雅，对她的观点我深以为然，且将其作为"西湖梦想"之一。

浙江文艺出版社的青年姑娘编辑们，终于编撰完成了一串美丽花环般的文字。果然就是部梦想读物，仿佛轻奢的生活艺术品，封面，册页背后、底下、上面及周边的无形与有形的文字花朵，如湖边的二月兰一般，突然就绕着故事草长莺飞，喧哗起来。于是，这些书册读物藤蔓一般地延展开去，小精灵一样地从书房间、地铁里、休闲吧中探出头来，参与着今天的杭州往事、西湖传说。

从故事里叠出故事的"西湖十景"，让我恍惚地想：她究竟是我写的故事，还是从我写的故事里生出来的故事呢……

王旭烽　2024年4月28日

目录

玉泉
岳王坟
盡忠報國
栖霞嶺
白沙泉
岳王庙
黄山
積翠洞
翠微亭

凤林寺

望湖亭
荷
曲院風荷

著名
瑶

带带桥

苏堤
春晓

曲院风荷

除夕立春，隔日春节，龙年伊始，当得上双春同临。杭人喜乐，年就过得热闹，天也争气，年里算是晴了几日，后来缠绵起来，便像多情女子的眼泪，一直湿到元宵节前。

单位里也是闲，家里也是闲，世界正在疯狂地转，郝明却做了槛外人。在家待着乏味，便跟着民工上班。他是外地人，大学毕业分到杭州，娶了本地姑娘，以为从此长做钱塘客了，

通往灵隐的小路　［瑞典］安特生
摄于1914—1938年间

不料没过几年，夫妻劳燕分飞，到头来依旧是陌路人。前妻没把儿子鼎鼎带走，父子俩相依为命，三个年头了。前两年还回老家去，但架不住老人操心唠叨续婚，今年索性不回了。大小两条光棍，吃了睡，睡醒看电视，倒也自在。

孩子到底是好动的，闷在家里，有些蔫了。郝明便带着儿子上了工地。工地在灵隐寺，搞的是藏经阁扩建工程。民工们当他工程师，称他郝工。实际郝明学的是历史，毕业后派到宗教事务管理局。他本来对佛教并无兴趣，但杭州旧时乃东南佛国，单位又在下天竺旁，耳濡目染，便也入了研佛之门。这次灵隐寺扩建，把他专门派来当监工，考虑的是打地基挖掘时，万一文物出土，也有个人管。

[清]黄钺　画荷芦

还没过正月十五，算是在年里头，这班就上得稀松。郝明到工地上转一圈，诸事正常，便回到工棚里喝烫热的女儿红。虽是黄酒，口感却醇甜，郝明能喝，儿子也能喝几口，就从家里带来了。出家人不吃荤，但郝明是研究出家人的人，不受这个戒。几口酒下肚，心就热起来，正要翻书下酒，却听门口有人叫他：郝工，郝工，有事找你，有要紧事呢！

是民工队长海庚的声音，间或还夹着个女子的声音，郝明听出来了，是聊胜姑娘。她有个法名叫"聊无"的姐姐，旧年剃度，到此地学习佛法，说是过了浴佛节就要走的。妹妹也跟着带发修行。大年初四到杭州，住在灵隐寺旁，天天到寺里来。郝明总是能在廊前檐下佛像前看见她。这姑娘生得明亮，一根大粗辫子挂在身后，个子也高，眉眼稍动，就像是开怀大笑。她的嗓音很不一般，郝明听那英的《雾里看花》，想原来这个聊胜有一副歌星嗓子。佛说静默，聊胜这女子哪怕一声不吭也像喧哗。她没受戒，无清规约束她，不出几分钟就和鼎鼎混熟了，天天带着鼎鼎上寺外飞来峰玩，和海庚他们这帮青年民工也混得烂熟。郝明怎么看她都不是个准备出家的样子，又看海庚的眼睛神态，就知道风月情事正在发生。心想，这个姑娘真要出家，岂不害人害己。

聊胜见了郝明，表情就不自然。倒是郝明看她成天陪鼎鼎玩，过意不去，主动和她搭几句话。她就随着海庚也叫他郝工，还和他讨论佛法，大乘、小乘什么的。这姑娘也谈不上对佛学有什么研究，好问罢了。

此时海庚却激动地掏出一块瓷片，问：郝工，这是文物吧？

郝明接过一看，眼睛就嗖的一下亮了。这是块青花碗碎片，碗底写着"云林方丈"四个楷体字。青花从年代上说并不早，明清两代才有，但凡事放到寺院就不一样了。他问海庚哪里发现的。海庚说就在药师殿北面，又说：云林就是灵隐嘛，方丈就是老和尚嘛。

郝明夸他：海庚你知道的可真不少。

大殿上不是挂着匾吗——云林禅寺！海庚的牛眼睁大了，郝明看他认真的样子，不禁淡笑。清代之前，灵隐寺从来没有被称之为云林。

灵隐山云林寺　[日]亚细亚大观写真社编
摄于1930年

郝明常见导游站在那块康熙所题的"云林禅寺"前，对游客大讲"云林"二字来历。什么康熙到了灵隐寺，寺僧向他乞字；什么他把繁体字的那个"云"字上的雨字头写得太大了，正不知如何是好，钱塘学士高士奇乃书"云林"二字在手中暗示皇上；什么皇上斜眼见了龙颜大悦，就照这江南才子提示，把灵隐寺称作云林禅寺……游客们听了纷纷点头做恍然大悟状。开始郝明还好为人师，纠正过导游几次："云林"二字和江南才子并无关系，倒是与诗圣杜甫有渊源。因灵隐山林秀色，香云绕地，康熙才取了老杜"云林得尔曹"中的"云林"之意。康熙写过诗："灵隐易云林……名从工部借……"导游们这才没话说了，但下一次依然是江南才子手掌暗示，老方一帖。

此时就听聊胜说：方丈可不是老和尚，是住持在寺院的居室。是房子，不是人。

海庚听了又急：郝工，你看这个人，没有一句话不是和我作对的。方丈就是当家和尚，多少武打片里都有方丈的，武艺高强，徒孙一大帮！

郝明就见聊胜手指绕着发梢，小得意地瞥了他一眼，他突然明白了点什么，旋即又想把这明白立刻甩出去，便上课一般地说：《维摩诘经》称，身为菩萨的维摩诘居士所住的卧室，一丈见方，但容量无限，故称方丈，以后出家人就把住在卧室里的住持称为方丈了，你俩都没错的。

聊胜惊讶地看了看郝明，愣了一下才说：那我跟姐姐说。

郝明半开玩笑说：还有外援啊，你倒是很崇拜你姐姐的嘛。

海庚为聊胜说话了：聊无什么都懂的。这些东西若她姐姐看了，不知多少年代要被她算出。

后人对灵隐寺的评价，一直就有"理公为祖，延寿为宗，具德中兴"的说法，分别代表了开山的东晋、日趋兴盛的五代和重振复兴的清初。五代吴越国时期，拓建了寺宇，拥有九楼、十八阁、七十二殿堂，住寺和挂单的僧徒达三千多人，其中还有从海外来的佛徒。

郝明记起了史书上记载的清初灵隐寺再修

灵隐寺的花园　[瑞典]安特生
摄于1914—1938年间

图为冷泉亭。唐代建亭于水上,明代又迁至堤上。
白居易在《冷泉亭记》中称:"东南山水,余杭郡为
最。就郡言,灵隐寺为尤。由寺观,冷泉亭为甲。"
相传此亭原有匾,白居易题"冷泉"二字,苏东坡续
题"亭"字,可惜今已亡佚。

寺庙，方丈的所在地，就设在从前的五代法堂遗址上，前几日在工地北面的北高峰山麓大约九百平方米的山坡上，发现了一片从五代延续至清代的塔院遗迹，由东至西，分布着"清云林堂上硕忠志和尚骨塔"和北宋、五代、明代时高僧骨塔残基。可海庚他们不懂文物知识，那几天郝明又不在现场，部分遗址遭到施工破坏。虽然没有人直接指责郝明，但他自己谴责自己，觉得自己多少还是脱不了干系。

聊胜却没有自信起来：也不一定的，我姐就是那么随便说说的。

你姐姐不是还在做禅七吗？郝明想起庙中佛事，问。转念一想，不对，禅七从头年农历十月十五开始，做到腊月初八，七七四十九天，已经过了。

姐姐带着鼎鼎洗手去了，就在药师殿后面。你可去问她。聊胜补充说，不过她一般是不理睬你们男人的。

是嘛，我们凡夫俗子嘛，她怎么肯理睬我们呢！海庚有点嬉皮笑脸地回了一句。聊胜白了他一眼，说：就是凡夫俗子，说错了？

郝明不听两个年轻人斗嘴，走出工棚，直奔药师殿北面的工地。

雨下得响了，一粒粒，砸在地上，很大，带着一股豪情，就不像是春天的润物细无声的雨了。郝明跑到工地，见这方圆七百平方米的泥泞土地已经停工，考古所和其他有关方面的专家也都已陆陆续续地赶到。有的撑着伞，有的就在露天里淋雨，见了郝明便兴奋地问：这些青花碗碎片，应该是清代灵隐寺专门特制的法器。在这里出土，也正好说明了"方丈"的位置。

海庚带着民工们小心翼翼地刨移着地面的浅土，一会儿工夫，南面地表的砖地就显露出来了，它带有清代建筑的典型特征，一旁出土了用来辟邪的七宝瓷罐，其中有稻谷、菩提珠、玛瑙珠和水晶珠等。郝明兴奋得脸上汗水雨水一起流。北面又有民工叫，说是也发现了什么东西。郝明赶过去看，心都抖起来了，那是一角北宋年代的砖墙。接着，一排醒目的保存完整的排水沟展现在人们面前。一块块长方形的

灵隐寺　[日]亚细亚大观写真社编　摄于1930年

灵隐寺飞来峰的石壁和岩洞内外雕刻着从五代至宋、元时期的石刻佛像,现在保存完好的有三百余座。这张照片拍摄的是灵隐寺飞来峰上的弥勒佛石刻。

大砖石一半还浸泡在泥浆水中。郝明愣了好一会儿，才轻轻地对同事们说：香糕砖！香糕砖！

聊胜也挤在工地边，蹲下来想要摸下砖头，被郝明一声喝住：别动！他心想，她姐姐说得没错，长方形的香糕砖是典型的五代建筑材料，证明这里很可能是五代法堂的遗址。

聊胜默默地站了起来，低着头就出去了。郝明朝海庚看看。海庚摊摊手说：生气了。

郝明拍拍他的肩说：阿弥陀佛也会生气。

没关系，我们请她吃饭好了。海庚说。

她又不喝酒，又不吃肉，怎么请？

去素春斋啊。海庚兴奋起来：你请客你请客，把她们两姐妹都叫上！你要感谢她们两姐妹的。你想想我哪里懂得什么文物，要不是她

姐姐看到聊胜手里拿的瓷片，让我们小心挖掘，说不定又像上次发现塔院一样，被破坏掉了呢。

郝明说：这事就包给你了，我出"银子"。

从遗址上往前看，他所站的位置，正好在天王殿和大雄宝殿的中轴线上。法堂遗址在此，说明是个地位显赫的所在。他耳边一声惊喊：鼎鼎！一回头，发现那声音是从他自己心里蹦出来的。半天了他也没有见到鼎鼎——这孩子上哪里去了呢？

郝明殿里殿外跑了一圈，大雄宝殿和天王殿上上下下都找了，连云林藏室也没落下，没见鼎鼎的影子。他又跑到山门外飞来峰下，大声叫鼎鼎。人家说男孩子顽皮，七八岁狗都嫌。这几天亏了有聊胜带着他玩，省去他一大半心。

灵隐寺的回龙桥、春淙亭　[美]西德尼·甘博
摄于1917—1919年间

春淙亭始建于明代,原位于飞来峰路口合涧桥上,
其亭名取自苏东坡"灵隐寺前天竺后,两涧春淙一
灵鹫"的诗句。清乾隆年间,僧寺建回龙桥,春淙亭
又迁至桥上。

突然记得刚才聊胜说，她姐姐聊无陪着鼎鼎洗手去了。怎么把这个给忘了？

郝明本想回山门找殿里住持，一想不妥，这女尼好心给你看孩子，你倒寻到她上级领导处去了。出家人多一事不如少一事的，还是自己找吧，就一间厢房也不落下地细细寻去。果然隔着窗，在殿后一间小厢房里见着他那个宝贝儿子了。他躺在几张椅子拼起来的临时床铺上，身上盖一件厚厚的僧衣，最滑稽的是头上戴了一顶黑绒僧尼帽，脸红扑扑的，睡得正香甜。

郝明目光移过来，看见一尊侧身的"佛像"，它由一些灵动和起伏的曲线构成，端正坐着，双眼低垂，双手合十，因为手紧挨至胸下腹部处，便高高地凸出了胸，一道极有弹性的抛物线自脖子以下隆起又凹下。她的双肩也是两道曲线，流畅地自上而下，又自下而上，直至手指尖。这个已经剃度的女尼，头形浑圆，饱满的线条从前额划过头顶，有力而缓慢地引向后脑，略略地隆起，最后才一气贯通地连接了颈项。

她穿着一身灰色僧衣，脚蹬一双皂鞋，坐在鼎鼎身旁，嘴里呢喃，那是在诵念阿弥陀佛吧。从侧面看，她那两片嘴唇如花朵在微风里轻轻颤动，侧面的线条再往上攀缘，鼻梁坚挺，直射向眉心，额头因为剃度的关系，显得开阔。而从唇的花朵往下展示，则是一条略略丰满的下巴的曲线，微妙地起伏着，与前颈收合。她的眼角处微微有些上挑，她的双颊圆润，和双肩一样温柔。她的形态神色，让郝明想起了散落在杭州山间的一些观音像——应该是烟霞洞口的那两尊佛像吧。郝明虽然研究禁欲的佛教，但绝不妨碍他成为一个美女的秘密崇拜者。

他不动，也不吭，怕惊动了天神似的立在窗前。也不知是不是眼睛看花了，他发现那两瓣花唇抖动得厉害起来，因为剃度后显得格外白皙的耳根，飞快地泛红了。俄顷，便见她站了起来，低垂着头，口中念念有词，轻轻移向门口。她的长袍底边窸窸地抖动着，像古装戏里那些浮动在舞台上的女人。她经过郝明身边时睫毛像蜻蜓翅膀一样颤抖，片刻间消失在廊庑尽头。

拜佛的人　　[美]西德尼·甘博
摄于1917—1919年间

杭州古刹众多,高僧辈出,自古就有"东南佛国"之称。张岱在《西湖香市记》中就记载了数十百万的善男信女前来拜佛、进香的盛况。如今,灵隐寺、天竺三寺等寺依然吸引着全世界各地的香客与游人。

鼎鼎眼睛睁开就喊聊无"尼姑姐姐"。这称呼倒是只有鼎鼎叫得出来，郝明问他有没有吃饭，鼎鼎兴奋地说：吃了吃了，吃了生爆鳝丝呢，素的，有笋，还有香菇。爸爸我以后就跟尼姑姐姐一起吃饭吧，这里的饭比我们过年的菜还好吃呢。

郝明一边给鼎鼎收拾衣服，一边脱下他刚才戴在头上的帽子，捏在手里，暖融融的。他带鼎鼎走的时候，把帽子也带走了。

工地上因为有了那么重要的遗址出土，一时半会儿的就不能动工了，郝明又闲了下来。好在这段时间幼儿园已经开学，鼎鼎又是全托，郝明腾出手来忙他那篇关于五代吴越国在杭州兴佛的论文，不知不觉，时光竟然就到了花朝。

前几日上班，郝明就见那些背着黄挎包、头扎红绒绳的杭嘉湖平原一带的烧香族，几乎清一色女性，排着队，两人抬一根大蜡烛，上了天竺山。又过两日，海庚就打电话来，先发制人地张口就说：郝工，聊胜等着你请她客呢，怎么一点下文也没有了。钞票掏不出就吱一声，我有。你吃公家饭的，这些日子闲着，我们个体户可没闲着啊。

郝明冷笑一声：海庚，你个滑头，当我不晓得你肚子里几把算盘。是不是想你那个聊胜了？

海庚就语塞了，搪塞了一会儿才从实招来：工地一停工，我连面都照不着她了。她姐姐这个比丘尼又管得严。自己剃个光头不够，还要逼着她妹妹陪她剃。

她姐姐是她姐姐，她是她，又没谁绑她来出家的。信仰自由，你不要扯到别人身上去。

海庚连忙在电话那头打躬作揖：还是郝工你有文化，你替我把这些道理给聊胜讲讲，她听你的。她本来不肯出来，说是你请客，才出来的呢。

海庚是动真格了，郝明想起了那个丰满的大辫子姑娘。手握话筒，眼前飘过了那个衣角窣窣作响的身影。出神的刹那间，海庚在电话那头着急了：郝工，你一定要帮我这个忙的，我跟你说老实话，哪怕她真做了尼姑我也要她还俗。郝工，你帮帮忙，帮帮忙……

郝明想了想，说：这样吧，也不要到饭店里去轧热闹了，人那么多，话也说不上几句。还不如我带你们喝茶去。清净，想填肚子还有点心，不怕饿着你们。

海庚连连说好，又问到哪里喝茶。他一天到晚只顾着赚钞票，这种雅致地方，一个也不晓得的。郝明盘算好了，说：就到我家附近的曲院风荷。那里靠西湖有条石舫，叫湛碧楼，知道的人不多，又不大，哪怕坐满了人也不吵。离灵隐也不远，回去也方便。跑得太远，我怕她姐姐不放心的。她今年多大了，我是说你那个聊胜，该有二十出头了吧？

海庚就在那一头有点粗鲁地大笑起来，连连说：不小了不小了，已经过了法定结婚年龄了。

郝明就又沉下声音来：你当我是什么啊。海庚你要浮儿不当正经，我可不给你牵这条红线。吓得海庚连忙赌咒发誓，不正经天打五雷轰。海庚说话粗一点，人是好的，也有点钱，他对聊胜是动了真情。郝明想到有那么一双风情双眸的大辫子姑娘，真要出家，早晚离经叛道，还是君子成人之美，打消她的出家梦吧。

不料海庚问：你把人家什么东西拿去不还了？郝明一时语塞，海庚又说，聊胜交代了，喝茶时把她姐姐的僧帽送过来，人家等着要呢。

接完电话，郝明的目光回到玻璃台板上的论文上来，什么纳土归宋，舍别归总，一时就模糊起来了。

花朝节

"枕上鸣鸠唤晓晴，绿杨门巷卖花声。探芳走马人虽老，岁岁东风二月情。"

宋代诗人周密曾在《花朝溪上有感昔游》一诗中记录了花朝节的景象。花朝节又称花神节，指百花的生日，中国的传统节日，一般在农历二月初二、二月十二或二月十五、二月二十五举行，人们可以拜花神、制作花糕，游春扑蝶。

农历二月十五是花朝，又过四日，二月十九，便是观世音诞辰，因为那一天恰好周日，郝明顺便把鼎鼎带了出来。

曲院风荷在岳坟斜对面，一边面对西湖，一边是西山路。古代称酿酒为造麯，酒厂为麯院，而西湖水在古代又是酿酒的绝佳之水。当年苏东坡为了疏浚西湖，专门给皇帝上了个折子，说到西湖水的重要性，共有五条。皇帝最听得进去的有两条：一条是放生，那放生的鱼虾都朝北念诵阿弥陀佛；还有一条就是西湖水酿酒最好，国家要靠那酒收酒税呢。这里原系南宋时大型酿制官酒的所在地，不过斗转星移，物也非人也非，西湖水再来酿酒是万万不可能的了，用来养荷花倒是合适。如此一代代下来，

麯院荷风与曲院风荷

麯院原本是南宋酿制官酒的作坊，又因其地多荷花，故以"麯院荷风"闻名，被列为南宋的"西湖十景"之一。该景曾一度衰败，康熙三十八年巡游杭州时经过此地，命人在苏堤跨虹桥西北处修建园林，在沿岸水域种植荷花。又因其时"麯院"已非酿酒之地，便在题字时将"麯院"改为"曲院"，将"荷风"改为"风荷"。

曲院竟演变成了个杭州人赏荷花的好地方。直到康熙皇帝大笔一挥，把"麯院荷风"改为"曲院风荷"，此处也就算是圈阅过正式定名了。

郝明喜欢此处，倒不是因为荷花。这个大公园沿湖，湖边沼泽地里长满了数丈高的水杉。它们笔直地伸向天空，秀而有骨。春天生发出的嫩芽，就像放大的含羞草，一片片展向高空，越来越大，越来越绿。到夏天对应着湖里荷花，绿到郁郁葱葱之处。秋日黄昏，人立六桥，就着落日，看对面水杉丛林树梢，像是半空中划出的数条金绿曲线，深浅不一，与西天晚霞共映成辉。此处比灵隐天竺更有一番闹中取静的意境。冬日有阳光的日子，郝明常坐在湖边栏椅上看水边倒影。湖水深灰色，脱光了叶子的水杉倒映在水中，让他想起东山魁夷的风情画。

　　还没到时候，郝明就和鼎鼎牵手到了那里。天气很好，久雨初晴，天蓝得凭空高出去一大块，阳光把含水的草木晒出了一股股野气，湖上泛出一条幽暗一条晃眼的水路，像一块巨大的花格子木窗罩在天光下的投影。到处是游湖的小舟，像一把撒出去的骰子，远远近近，郝明能够听得见船上人们的欢笑。

　　小荷连尖尖角都还没有冒出来，自然便没有什么蜻蜓来停伫，不过湖上依然一片人间烟火气。眼前晃来晃去的都是游客，其中尤以香客为盛。鼎鼎看见那些手持舍幡的香客尤其兴奋，一个劲儿地问爸爸，这些黄布和白布是什么意思。郝明告诉他那是进香者到天竺敬香后，送给观音的"奉献"。正那么一问一答，就看见对面玉泉方向走来了那对年轻人。远远地看不出海庚有什么变化，倒是聊胜变了个样，长辫子散开来变成了琼瑶剧里纯情姑娘的披肩式，穿一身宝蓝色的时装，很抢眼，手里还提着一只风筝。走近了看，原来是只五彩蝴蝶。见了郝明，聊胜又有些不自然，郝明便开了句玩笑：聊胜今日那么漂亮，海庚都吓得说不出话来了。

聊胜脸红红的，朝郝明笑笑，郝明就移开目光。鼎鼎来得实在恰当，完全充当了大人们的气氛调和剂，他在前面提着风筝跑，聊胜在旁边追，郝明和海庚在后面走。郝明问他，有没有向聊胜摊牌，海庚说：万里长征还远着呢，她一路上都在跟我说她要出家。本来还以为她是受她姐姐的影响，谁知她姐姐反对她出家。她说要不是姐姐拦着，她早就剃度了呢。你说她真要是出家了怎么办？海庚愁眉苦脸地问。

郝明看着前方快乐地跑着的姑娘，问海庚：你自己说，她像个出家人的样子吗？

我不知道。她说她姐姐跟她吵架的时候也这么问她。她还说她姐姐没出家前，别人也看不出她姐姐是今天这个样子的。她还说你们知道什么，她们出家，是有难言的苦衷呢。

郝明叹了口气，他本来不想在这件事情上多说些什么，看样子不说还真是不行。

湛碧楼很安静，鼎鼎到船头那块空地上去

玩，他们三个就坐在船里靠窗口处喝茶。船外水域是养荷花的，现在不是赏荷的季节，空荡荡的。茶是陈茶，但保管得好，又是龙井，水冲下去，绿叶就浮上来，一股扑鼻的豆奶香。聊胜只管自己低着头，海庚就拿眼神暗示郝明，郝明就咳嗽一声说：聊胜真要出家了？

聊胜嘴里嗑着一粒瓜子，歪着头看郝明，好像是侧耳倾听，又好像在撒娇。郝明说：要出家也不是不可以的，人活着有条路让你挑，终是大自在，不过总还是要有点基本学识。我也考你一考吧，看你够不够得上出家的条件。

聊胜嘴里的那粒瓜子就掉了出来，刚才歪着的脑袋也一下子直了。

禅宗讲机锋，那是难的，我不考你。我出

山坳里的天竺寺　[美]西德尼·甘博
摄于1917—1919年间

个简单的，说个上联，你对个下联。别说不行，我不会为难你的。好吧，开始了——经来白马寺……怎么，没听明白？我再说一遍：经来白马寺——要不要再说一遍？

聊胜迟疑地摇摇头，郝明摇摇头，顺手展开一张香烟纸，用圆珠笔边写边说道：经来白马寺，僧到赤乌年。

海庚发言了：这么难，你叫她怎么说得出来！

这是最简单的了。公元68年，佛经从天竺传入中国，民间说法，第一站就是白马寺。又过了近两百年，三国吴大帝的年号赤乌年，佛教从中原传到江南，南京建了江南第一座塔寺，这就是江南佛寺的开始。

还没说完，海庚就嚷：你讲的我都听不明白。你考她那么远的让她怎么回答，你考她一个近的，就"南无阿弥陀佛"吧。

聊胜摇摇手止住了海庚，说：姐姐没跟我说过这个，不过我会学的。

好，郝明接受海庚的意见，考个近的，灵隐寺里的楹联，我出个上联，你再对个下联，好不好？

入殿参三世释迦，不须问过去未来，仗现在一尊，微笑拈花，指点群迷登觉岸——

聊胜轻轻呷了口茶，皱着眉头背：

开山是东晋慧理，无论为云门临济，均禅宗嫡派，顶香持戒，永传家法守丛林。

海庚张大了嘴巴看郝明，郝明点头表扬：不错，背出来了，这段日子没白过。不过别高兴得那么早，我还没考完呢。还得问你，什么是云门临济？

聊胜的脸刚刚红了一点，这会儿又白了回去，愣了一会儿才说：我姐姐没跟我说，我回去问她。

郝明哈哈哈地笑了起来，说：我这是跟你开玩笑呢，你还当了真。这些东西，不知道也罢，你看我背得像个两脚书橱，有什么用。

［明］文从简　水面闻香轴

聊胜认真地说：怎么没用，佛法佛理，参透了就能觉悟，上西天极乐世界，永不受人间苦谛。

郝明就正色说：你这话经不起我推敲。第一，也不见得知道那么些佛理就一定能参透。什么叫弱水三千取一瓢饮，再多的道理，也架不住一个根本的道理，那根本的道理，就是弱水三千里的一瓢。你取到那一瓢了吗？我看你是没有。还有一个，永不受人间苦谛也未必一定要上西天极乐世界。禅宗为什么讲顿悟，为什么说立地成佛。我想来想去，不出家，享受人生，也可以成佛，禅宗难道不就是这个意思吗？我劝你一句，心让你干什么你就干什么，这就是佛心。你问问你自己，你真想出家吗？

灵隐寺诵佛经的和尚　[美]西德尼·甘博
摄于1917—1919年间

这话问得有些狠了，聊胜就低下头，一口一口地喝茶，好半天才说：我姐姐出家了。她能出家，我怎么就不能出家？

郝明笑了起来，说：还真没有见到过像你们两姐妹这样的，这是出家，又不是出国。别说你尘缘未了，我看你姐姐也未必了了呢。

你怎么知道我姐姐尘缘未了？聊胜突然警觉地问，倒把郝明问得心怦地一跳。还没想好怎么回答，聊胜接着往下说：你们晓得我姐姐是个什么样的人物？你们晓得什么？我姐姐没出家前长什么样，你们看到过吗？不要说是我们那个小城里的一枝花，就是放到杭州城里来，也是回头率百分之百的。你们看我身上穿的这套时装，你们当是我的啊，那是我姐的。我姐前年二月十九在普陀山参拜观音，就是穿着这身衣服在佛井前昏倒的。你们看看，这是长裙套装。那年兴的是长裙，今年兴的是超短裙了，不时尚了。

聊胜的这番话还真是把两个男人都听糊涂了。郝明好不容易止住聊胜的话：观音农历二月十九诞辰，六月十九成道日，九月十九涅槃日，普陀山观音洞的佛井人山人海。又累又挤，免不了有个把人昏倒。

她自己说是观音把她召去了。她有慧根吧，她在水里看到观音显灵了，浩浩荡荡的神仙队伍，围着观音呢。她亲眼看见的。

海庚咯吱咯吱地吃瓜子，突然说：你没见到观音吗？

聊胜摊摊手，说：去年我去普陀三次，想见观音。没见着。今年我不想去了，不见观音照样可以出家的。世上那么多出家人，有多少是真正见过佛显灵的？

郝明小心翼翼地试探：你相信你姐姐确实看到观音了吗？你从来没有想过，会不会是你姐姐产生的幻觉，或者其他什么原因？

这个问题显然让聊胜有些烦躁了，她不停地喝着水，说：我为什么要怀疑她的话呢？我们又不是现在才信佛的。我很小妈就死了，我爸那时候是个渔民。有次海上风暴，爸被掀到海里，眼看没命了，爸在心里喊起了菩萨，说若救了他的命，就把女儿许给佛还愿。结果一条船上，其他人都死了，就我爸活下来了。所

灵隐寺中香客在休息　[美]西德尼·甘博
摄于1917—1919年间

以我们从小就信佛的。爸指定姐姐去还愿，所以姐姐从小就吃素。后来她突然开始吃荤，我是说她穿时装的那段日子。那时我爸生病死了，我们欠了很多债，说出来能把你们吓死。好了，我不说这些了，你把我姐的帽子交给我吧，她急着想要回呢。再过个把月她就要走了，她不想让自己的东西落在别人手里。

郝明站了起来，搓着手说：对不起我忘了，我忘了，要不要我下次亲自给她送去？

聊胜奇怪地看着他说：我倒也无所谓，她当了真，她就是怕你不还她。

不就是一顶帽子吗？海庚不以为然，我原以为出家人什么都舍得的。

你懂什么，我姐的心思不好猜。她也来了，

就坐在那边湖边，等她的帽子呢。我不晓得她是放心不下我还是放心不下帽子，从窗口望出去能望到她，正陪着鼎鼎放风筝呢。我姐就是那样一个人，谁都猜不透她，只有佛晓得。那年我们都以为她要嫁出去了呢，追她的男人一大堆，没想到她说出家就出家了……

郝明听了聊胜的话，还坐了一会儿，也品了一口茶，朝两个年轻人抱歉地笑笑，到底还是出了茶舫，朝斜对面湖畔的水杉林走去。被雨水泡软的土地上萌发着新生的野草，踩上去松松软软的，他摇摇晃晃的，被阳光射得有些眼花，抬头看，却看到湖面上升起了一片铜钱般大小的绿荷叶。

他看到她坐在湖畔的长椅上，风筝放得很远，许多人在围看，一会儿看看风筝，一会儿看看放风筝的女尼。他跑过去帮忙，说：谢谢您前些日子照顾我儿子。

她看着风筝，终于说话了：阿弥陀佛，是住持交代了我的事，是佛的旨意，你要谢佛。

不知是不是刚才跑得太猛，他觉得湖面有点儿斜，对面苏堤上的杨柳也一株株地斜过去了。郝明看到有花瓣从她的灰色僧衣上跌落下来。

他说：还要感谢您帮助我们及时发现了五代遗址。对不起，我查阅过您的学历，您考上过大学，没有一定的知识面您不可能知道得那么多。

[清]赵之谦　花卉册

她抬起头，她和她妹妹差不多高，略微苗条一些。虽然穿着僧衣，因为手臂压在胸下，腰身依稀显露出来了。她的声音和妹妹的很相似，但感觉又完全不一样，她说话的声音很轻，像呵气时顺便带出来的。她说：我的僧帽呢？

郝明摊摊手说：对不起，早上我还想着要带在身边的，转个身就忘了……他没有再往下说，他看见了她的目光。那目光又明白又带些怜悯，还有一丝宽容到几乎看不到的责备，仿佛说：对我还需要找借口吗？

春风从他们的目光中穿拂了过去，夹带着三月的花香。湖边成片的二月兰在郝明眼前点头，一会儿呈蓝色，一会儿呈紫色；水杉林含羞草般的叶子伸展开去了，比刚才大了许多；

树根下一个个小水洼在原地跳荡，连阳光都诡谲起来了，它们用一种秘而不宣的鬼脸盯着他。

郝明结巴起来，说：您等一等，我家就在附近，我这就给您去拿。您别走开，一定要等着我，我马上就回来……

他回来的时候，她已经走了，聊胜也走了，海庚有些无聊地指挥着鼎鼎放风筝。见了郝明，他一屁股坐在长椅上，说：真扫兴，她那个尼姑姐姐一走，她也就跟着走了。我们连话都没来得及说几句，我还没搞清楚她会不会出家呢。

郝明一边帮着鼎鼎收风筝线，一边说：你为什么那么在乎她出不出家呢，她真出了家，你莫非就不可以喜欢她了？

海庚倒是被郝明的这句话问住了，想了想才说：这倒也是。

郝明没有再搭理海庚，他心不在焉得厉害，以至于收回来的风筝线都绕回到他刚才取来的那顶女尼的僧帽上去了。

郝明和海庚重新开始回去施工的时候，聊无、聊胜两姐妹都已经不在寺里了。聊无回天竺参加刚刚举办的又一届"尼众佛教培训班"，听高僧讲解《劝发菩提心文》和《四分律》，郝明连一次也没有再见到过她。倒是聊胜常来，她到底还是听了郝明的劝告，相信诸缘皆佛，佛性常在，只要信佛，出不出家都一样，到城里加入了打工妹的队伍。星期天她常和海庚到

送僧归中竺

〔元〕王晃

天香阁上风如水，千岁岩前云似苔。
明月不期穿树出，老夫曾此听猿来。
相逢五载无书寄，却忆三生有梦回。
乡曲故人凭问讯，孤山梅树几番开。

郝明家来玩，有时她自己也来。郝明一开始倒也没太在意，可是有一天他下班回去接鼎鼎的时候，老师说鼎鼎已经被他姐姐接走了。郝明心里一沉，明白是谁来接的鼎鼎，回到家一看，厨房里已经热火朝天，色香味俱全了。

郝明苦笑着说：嘻，我可是无神论者，荤素二吃都少不了的。

聊胜袖子卷得老高，长发高高扎在头顶绑成橛子形状，听说这是今年最酷最流行的发式，还是从那个歌星王菲那里学来的呢，她一边把菜往桌上搬一边说：你们吃荤我吃素不就行了。再说佛家不也有济公？你看人家不是照样喝酒吃肉吗？人家还是高僧呢！

那你也吃呀！打工辛苦，要吃一点荤的增

加营养才好。郝明就开玩笑地那么说了一句。

聊胜盯着郝明：你叫我吃？是你叫我吃的？你叫我吃我就吃了，一切后果要你负责噢！

你不吃就不吃吧，还让我负什么责。佛可没让你那么厉害啊。

聊胜就又笑了起来，指着郝明的脸说：开句玩笑都当真。你还以为我没吃过荤啊？告诉你，我从小就没禁过荤。我妈一死，我外婆就把我领走了，我爸得了重病我才回来。我姐跟着我爸吃素，我可没有。但去年吃了一年素，就想着要出家呢。

郝明已经在吃饭了，听到这里，忍不住多了一句嘴：你们两姐妹，可真是不一样。好一会儿对面没动静，却听鼎鼎说：爸爸，姐姐哭了。郝明抬头一看，真是麻烦，姑娘抹开眼泪了。他和鼎鼎面面相觑，等了一会儿，聊胜开始吃饭，但眼泪依旧没有停的意思，有好几粒就掉到饭碗里去了。郝明想这是怎么啦，我哪一句话把她说得那么伤心？一边这么想着，一边帮鼎鼎盛了一碗饭，拣了一盘菜，把他送到隔壁房间看动画片，说，爸爸不叫你，你不要出来，爸爸有话对姐姐说。鼎鼎懂事地点点头。郝明这才回过头来对付这大孩子，说：好了好了，有什么事情伤那么大的心，有话就好好说嘛。别哭了，让小孩子都笑话你——

话没说完，他就觉得自己被撞了一下，还没回过神来，腰已经被坐着的聊胜牢牢地抱住了，她的脑袋顶在郝明的胃上，哭得更加伤心。

[明]陈洪绶　老莲抚古图册　荷石图

郝明确实是吓了一大跳，他还真是没有这么大的思想准备，把她一把推开呢，又觉得太粗鲁，只好挺直了腰，两只手投降一样地举得高高的，一边说：你看你看，你这样我还能弄得懂什么事情呢，我越来越糊涂了，是不是海庚欺负你了？

他还是想装疯卖傻地把话绕回来，见紧紧搂着他腰的手松了一点，就顺势把那两只手挣脱开了，又去拿毛巾给她擦眼泪，说：有话好好说，有什么困难，大家帮着解决。

他这个办法看样子还是奏效了，聊胜一边擦眼泪一边说：你们都不知道我心里有多苦，本来想出了家一了百了，你们又不让我出家。这么活着有什么意思。

郝明重新坐到她对面吃饭，一边说：你可真是身在福中不知福，有多少打工妹有你这样的运气？有海庚这样的潜力股追你，对你又那么痴情，你还想要什么？

这下聊胜连眼泪也不擦了：你不要把我当海庚一样的人说话好不好。海庚初中都没毕业，就晓得挣钱。我不管怎么说也是高中毕业生，我是想要有信仰的人。人活在世界上，总要有精神追求嘛。

郝明回答：你这个年龄的人能说出精神追求几个字，真是叫人吃惊。但你不能说海庚是没有精神追求的。他很爱你，是真心实意想和你成家过日子的。这也是一种精神追求，也值得人奋斗一辈子。

我知道他想跟我好，可我对他一点感觉都没有，跟他说话累都累死了。我还是喜欢跟你这样的人在一起。你虽没有什么钱，还带着个孩子，可是你有文化，有知识，有趣。我喜欢像你这样的人，靠得住。

你……你……郝明正喝着汤，半口含在嘴里，一时呛得话也说不出来了。倒还是聊胜沉得住气，仿佛刚才一场神经质的哭泣已经给她后来的冷静垫了底。她轻笑起来：你怕什么，我又没想拖累你。我不就是把心里话说出来吗？我想来想去该说的话还是得说，听不听那是你的事情。

郝明嘴里那半口汤，想咽，一时咽不下去了。

［明］佚名　明人荷塘双鹅图页

聊胜盯着他，问：喂，问你呢，你说呢？

郝明这才把嘴腾了出来，回答说：我说什么，我简直无话可说。

无话可说是什么意思？

郝明想了想，狠狠心，说：无话可说，就是没意思可说。

你说我没意思？聊胜的声音变调了。

郝明笑了起来，声音发飘，说：你自己想想，你刚才说的话，是不是没意思。

聊胜就一下子站了起来，两手撑在台上，头凑过来，仿佛要看清楚，眼前这个家伙究竟是个什么东西，又仿佛表示一种即刻就要扬长而去的态度。郝明也跟着站了起来，拦着手说：干什么干什么，那么经不起人说，饭总是要吃的吧。

聊胜嘴角抽搐起来：谁说我不吃饭了！我辛辛苦苦买的菜烧的饭，我就吃给你看！

她很重地拉开凳子，坐下，双手合十，闭上眼睛念起什么来，声音由轻而重，越来越响。郝明耳朵嗡嗡响了起来：

……日夜昏昏不惺语，往生乐；还是流浪三涂因，往生乐；难思议，往生乐。双林树下，往生乐。难思，往生乐……

大概是她念诵的声音太响，鼎鼎终于苦着脸从里屋探出头来说：动画片没了，我还想吃饭……

郝明叹了口气，说：坐下跟姐姐一起吃饭。

父子两个就坐在桌前，一声不响地吃着饭，耳边一片聊胜略带胸音的念诵：

忽尔轮回长劫苦，往生乐。弥陀净土何时闻，往生乐。难思议，往生乐。双林树下，往生乐。难思，往生乐……

鼎鼎问：爸爸，什么是往生乐？

郝明见这个气氛实在太沉闷，找个话题，说：是唐代净土宗大师善导的短歌《难思议》吧？

聊胜慢吞吞地说：不知道，我姐姐常念，我听来的。

[清]佚名　刺绣西湖图册　曲院风荷

郝明回话：我也这么想，应该是你姐姐教你的，一般寺庙僧尼现在不念这个——

没把话说完，聊胜就站了起来，说：我走了。

郝明把聊胜送到门外路灯下的时候，想着还是不能让她就那么走了，就说：聊胜，你是个好姑娘，我太老了。

聊胜讥笑着盯着他：骗谁啊，当我不知道！

这么说着，把郝明晾在惨白的路灯下，走了。

过了花朝，蚕事已近，往来香客依旧不少。天竺一带山中，春意来得就早，这天中午，郝明只穿了一件衬衣，从单位骑着自行车出来。

天竺三寺

天竺三寺是杭州古代名刹，分别为上天竺法喜讲寺、中天竺法净禅寺、下天竺法镜讲寺。天竺三寺景色清幽，寺字庄严，被誉为"天竺佛国"，吸引无数人前往。《西湖志》载："三寺相去里许，皆极宏丽，大士宝象，各有化身，不相沿袭；晨钟暮鼓，彼此间作，高僧徒侣，相聚焚修，真佛国也。"

下坡时，看见新绿已经早早地从陈绿中推出，一朵朵堆在山树上，像有心出岫的翠云。溪前一丛丛新茶也发得正旺，三三两两的女子散落在茶坡上采茶。路过法镜寺时，郝明的车龙头一弯，就往下天竺拐了进来。

寺里本来就多熟人僧尼，见了郝明，问他怎么这么多日没来这里走走，这里正上着培训班，请老师上课讲经呢。农历四月初八浴佛节，上完最后一课，要到西湖上浮莲花灯放生，第二日僧尼们就四散了。浴佛节下午有一课，是讲佛的诞生的，寺里原来就准备请郝明来讲课的呢。郝明这才又问那个叫聊无的女尼还在不在，他有件东西要还她。答的人说：我刚从寺后转过来，聊无在三生石旁边做针线活呢。

郝明绕进那条皂荚树夹道的小路。小路很阴凉，两边的皂荚树枝围成一个拱形，把阳光遮住了，地上柔软，陈年积累的落叶厚厚地垫在脚下，让郝明想起了曲院风荷的水杉林地。

三生石是块在平地上突兀而起的大石头，旁边有一片菜园，周围就是天竺的群峰了。石头陷在春草中，像是插在一个绿色盆地里，难怪知道这个景点的人极少。聊无坐在三生石旁边的一块小石上缝着什么，靠在石头阴影里，穿着浅色僧衣，手里拿着一块大红的布，看上去像块大手帕。见着郝明来了，她有些吃惊，但没有想象中的局促。她站起来，叫了他一声郝老师。郝明坐到她对面的树荫下，笑着说：怎么叫我老师了？聊无回答说：要请你来讲课了，不是老师是什么？

此处清净。三生石这样的地方，不要说外地游人，就是本地人也不太有缘找得到。

聊无也没有停下手里的活儿：我刚来时，也没听说有这么个地方，后来出寺往后门走才看到。这地方也静，我平时有点空，就到这里坐坐。

她声音有些低沉，语速有些慢，像是为了沉住气，努力控制住自己的节奏。郝明抬头看三生石上刻着的诗行：身前身后事茫茫，欲话因缘恐断肠……好诗，但用红漆涂得有些俗了。

阳光嗡嗡地响，像蜜蜂飞舞。郝明发现她变成粉红色，显然这是因了阳光。他伸出手，手掌朝天，仿佛阳光和雨点也是可以落在手掌

三生石

　　三生石位于杭州天竺寺后，相传是唐代隐士李源与僧人圆泽相会的地方。苏轼在《圆泽传》中写道，李源与圆泽同游三峡时遇见一个怀孕三年的妇人。她称圆泽会成为她的儿子，并约定十三年后的中秋月夜和他在天竺寺外相见。到了那天，圆泽圆寂。李源赴约时，听闻牧童歌曰："三生石上旧精魂，赏月吟风不要论。惭愧故人远相访，此身虽异性长存。"便知牧童是圆泽的后身。这则流传甚广的故事曾被刻在代表"前世、今生、来生"的三生石上，见证二人的友谊。如今"三生石"也是有情人定终身的象征之物。

上带回去的。他问她：你缝什么？

聊无把红布拎了起来，原来是个兜肚，中间绣着一朵莲荷，说：你来得正好，再缝几针就完了。我原来还想着让海庚给你带过去呢，给鼎鼎的。年后他跟了我几天，我看他总拉肚子，有这个，多少避避寒。

阳光一下子就哑了，心毫无防备地很深地酸了一下，郝明四顾周围，没有人。他说：我要还你的东西到现在还没还，倒又要先领你的情了。

是给鼎鼎的，你让他领情就是了。

这一次她没让他谢佛，她的话说得有几分世俗的调皮，还有那么几分欲盖弥彰。郝明看着她，一直看得她微微上斜的眼角颤抖起来了。

［宋］叶肖岩　西湖十景图册　曲院风荷

郝明顺手抓了一把脚底的草，边搓边说：我知道你不会问我鼎鼎妈妈的事情，我不说你永远不会问，所以还不如我先说了。她是我大学毕业后有一次开年会时在宾馆里认识的。她是个服务员，很漂亮，说不上有什么文化，我想这样的女人嫁给我是最放心的。但鼎鼎才三岁她就跑了。事先也不通知一声，弄得我一会儿以为她被暗杀了，一会儿以为她被拐卖了，一会儿以为她被车撞成植物人躺在哪家医院里了。正找得天翻地覆，她来了一封信，原来跟着个客商走了。丈夫也不要了，儿子也不要了，这场闹剧总算收场，倒也干净。

郝明说到这里，两只手被青草汁染绿了。他抬起头，朝聊无笑笑，是个苦笑。聊无一直怔着，手里端着针线，听郝明说了那么一大通，又见他朝她笑，不由得也接着那笑牵了一下嘴角，手就下意识地举着针往头上篦去。这个用发油来磨针尖的动作，原是那些惯于使用针线的女子的动作，想必聊无曾经也有过这样的岁月，只是忘记了眼下的身份，那针尖就刺在头皮上，长长地从有着青青发根的白肤头顶心划过，顿时就划出一条白印子，转眼又从那白印子上渗出一条血丝来。郝明想也没想，站起来一步上前就用手按住她的头顶心，一边说：不要紧不要紧，擦破了点皮，不要紧。

阳光这下子是响声大作了，这对男女却了无声息。郝明另一只手抱着聊无的肩，愣了一会儿才放开。那只按着头皮的右手也离开了，青草汁染绿的手掌上沾着些许血渍，这只手就红红绿绿的了。他摊开手掌在她面前，说：没多少血，我包里有餐巾纸，先给你汲一汲。痛吗？

聊无摇摇头说：没事，不要餐巾纸，天气热，捂着不好。你就坐着，我还有最后几针，缝完就好。

郝明就重新坐到她对面去，看她飞针走线。头上青青发根里那条红丝一会儿隐去，一会儿浮上。他被春天的阳光晒得几乎恍惚起来了：明明穿着灰色的僧衣，怎么看上去比刚才更红——刚才还是粉红色的，现在整个儿成了桃红色的了。

郝明的那一堂大课上得生动而富有诗意。他选择了一种激情的方式，绘声绘色地讲述了佛的诞生。郝明从那记忆渺不可及的时代开始讲起，关于佛陀一生的传说，想象与事实、凡与圣、天上与人间在他的讲述中不断掺杂交织；他也讲到《本生经》中推崇的十大德行，它们被推向极致后分别呈现为施、戒、牺牲或出离、智慧或智行、精进、耐心及坚忍、真谛、决定、慈悲与舍弃。他也讲一些故事，如以往古代说经人的宣本——他讲净饭王后是如何在梦中看见一头白象进入她的右肋的；又讲了王后如何在今天的尼泊尔与印度边界地攀住一枝树枝，毫无痛苦地从右肋中生出了菩萨；他还讲述了佛诞生的刹那地上立刻神奇地生出一朵大莲花，菩萨立于其上，两位龙王为他洗浴——这正是浴佛节的来历；而净饭国的国师智者阿私陀看到他降生人间后，不禁流下热泪。因为他会成为未来的佛，而他年岁已大，看不到这一天了。他讲的都是一些浅显的普及的东西，神迹在他的口中不知不觉地演变为人事。他看到众女尼的眼中浸含泪花，他对任何宗教都缺乏信仰上的热情，但他喜欢宗教中那些充满想象力的地方：佛从他母亲的腋下出生，雅典娜从宙斯的脑袋里跳出。他看到了聊无，她夹坐在众尼之中，偶尔抬头看看他，大部分时候都在认真地做着笔记。她老是低着头，他很想看看她头上的那道血痕，但看不到。他也看到了聊胜。她坐在最后一排。

晓出净慈寺送林子方

[宋] 杨万里

毕竟西湖六月中，
风光不与四时同。
接天莲叶无穷碧，
映日荷花别样红。

浴佛节这天的课程，郝明是把它作为这些年来的最后一次宗教活动来上的。下课后他很想再见聊无一面，哪怕能够与她对一下眼色也好，但他失望了，聊无夹着笔记本神情冷漠地离开了课堂。郝明很沮丧，甚至不能掩饰自己，推着自行车连跟人家再见也提不起神来，与刚才的神采飞扬简直判若两人。他推着那辆贼也不会来光顾的破车，边走边想，突然对自己的轻薄生起气来，猛地推了下轮子，就要上车，却发现车后座被人拉住了。

回头看，聊胜朝他笑，故做轻松状，走在他身边，说：怎么，失恋了？

什么话？他笑笑，我可是刚刚讲完经的正人君子。

看你讲得天花乱坠，我从来没想到你那么能说。你真信佛？你不是说你是一个彻头彻尾的无神论者吗？

郝明停下车，认真地看着她，说：我一直在谦让你，不过从下一句话开始，我就不谦让了。

他一定又回到他们刚刚认识时他的郝工形象上去了，聊胜愣了一下，收敛了，默默地走在他的身边。沿着天竺路，他们朝灵隐车站走去。

聊胜告诉郝明，她和姐姐吵架了，不是一般的吵，吵得很厉害。郝明听了摇摇头。聊胜连忙说：你以为出家人就不吵架了？

郝明叹了口气，他是研究佛教的人，当然

了解个中滋味。佛界也在红尘，争斗也不足为奇，不过他实在不想听到这两姐妹吵架。不管什么原因，郝明都觉得自己卷入进去了。

已经吵了，只好任事情这样发展下去。郝明说：你不要指望我劝你不要吵，你总有你自己的想法。你想出家，总有你的理由，我又何必介入你的信仰呢。只要手续齐全，寺庙接受，你尽管剃度。有一天你想还俗再还就是，头发长长是很快的。你要不想还俗，一直修行，到哪一天，或许就成了个高僧，也是对我国佛教事业的贡献。自己想做的事情硬不让做，是极难受的。你也不要管你姐姐反不反对，照自己的心愿做去就是了。

想必这话说得有些出人意料，聊胜被噎住

木兰花慢·曲院风荷

[宋] 周密

软尘飞不到，过微雨、锦机张。正荫绿
池幽，交枝径窄，临水追凉。宫妆。盖
罗障暑，泛青苹、乱舞五云裳。迷眼红
绡绛彩，翠深偷见鸳鸯。

湖光。两岸潇湘。风荐爽、扇摇香。算
恼人偏是，萦丝露藕，连理秋房。涉江。
采芳旧恨，怕红衣、夜冷落横塘。折得
荷花忘却，棹歌唱入斜阳。

了。过了好一会儿才说：我从小被送到外婆家，姐姐吃素我吃荤，人家说起来，姐姐是一千一万个好，命都给了佛。因为有了姐姐，我才配吃荤的。我小的时候不懂，还想幸亏爸爸把姐姐献给了佛，才把我剩了下来。大点起来听人家说姐姐怎么好，就怨恨起爸爸来，想，还不如当初把我捐了呢。后来爸爸得了绝症，花的钱流水一样。姐姐那年考上大学了，没有去，我也从外婆家回来，想帮家里一把。那段日子，真是苦。记得有次我跟姐姐一起去拉砖，一车挣两块钱。那天下着大雨，我们两个推到半坡推不上去，我就在后面哭。姐姐那时头发长，一根长辫子拖在地上，像条烂绳子，她就拎起来咬在嘴里，死死往上拉，头都拄到地上了。

好不容易到了坡顶，放下车来我叫了一声阿弥陀佛，我们两个也不管地上是泥还是水，就瘫倒在地上。

姐姐靠在轮子前，浑身是水，突然问我：我念了那么多年佛，佛有没有听到一声过？我说佛应该听到的吧。姐姐又说，佛听到看到，怎么就不知道拉我们一把？爸爸要死了，佛头一回救过他一次，怎么这次就不救了？难道爸爸捐我出去捐错了？难道我不配做佛的信徒？我听姐姐那么说，心里害怕，说姐姐你可不能那么说，佛是在考验我们，我们的一言一行，佛都会听到看到的。姐姐就靠在轮子上笑起来了，仰起脸来看天，雨噼里啪啦打在她脸上，她一根手指头就戳向天上，问：你看看，佛在哪里？

我姐姐就是那时候变的。我们那里的浪荡子从前就叫她赛观音的。那天回家，她就把长辫子剪了，她开始和那些人混在一起了。起码三个大款要为她离婚，就看谁出的钱多了。我姐姐一会儿跟这个人，一会儿跟那个人，一会儿再跟第三个人，那三个人自然又要打成一锅粥，姐姐的名声你想想看好了。可怜爸爸住在医院里，哪里知道这些事情。姐姐她是想跟地藏王菩萨一样——我不入地狱谁入地狱？姐姐就这么把自己舍出去了，但爸爸这条命还是没救回来。

郝明听到这里，突然站住了。聊胜并没有感觉到郝明的走神，她很兴奋，继续着：爸爸死后，我们的境况一下子好起来了。三个人当中最富的那一个铁定了心要娶我姐姐，离婚手续都办得差不多了，姐姐突然决定出家。当时我就跟她大吵了一场，我说姐姐想出家不是因为虔诚，是忏悔。可是姐姐说忏悔也是虔诚。姐姐还说她太脏了——我不想跟你说这些，我姐姐是不脏的，可是她不应该把我扔下不管，自己走了。你不知道她把怎么样一个烂摊子扔给了我。那三个大款倒没有来要我们还钱，可他们的老婆一个个都狠了起来，三天两头找我，说她们的老公花心，全都是我姐姐害的，还要我们还债。那年我高考又没考上，本来就烦，被她们逼不过，就说你们有本事找我姐去，找我干什么。那些女人说我和我姐姐是一堆里的货、一缸里的醋，迟早也是那条路上的人。我是被她们逼得没办法，才来寻姐姐的。本想跟她一样，一了百了算了。谁想姐姐不让我走，还有你们，你们谁也不让我走。

郝明打断她的话，说：我现在明白了。

聊胜冷笑一声，说：你总当我幼稚任性，其实我看男人比你准。海庚是很热心的，不过这个人没长性。他现在已经有女朋友了。

这个消息倒真让郝明吃了一惊。灵隐工地基地清理那一块已经结束，郝明有一段时间没见到海庚了。年轻人真是凡事进展神速，碰鼻头就转弯。想起前不久他还在他面前信誓旦旦的样子，郝明只有佩服。

看来聊胜心里确实没有这个海庚，把他的

赋得曲院风荷赠别

露叶漾涟漪，风凉水院时。

翠轻愁欲断，珠圆不自持。

低昂随芰盖，翩翻卷钓丝。

盘折惊鱼游，规荡宿禽疑。

为语莲舟女，聊将赠别离。

名字划过去就算了，她沉浸在自己的叙述里，接着说：来这里半年多了，大家都劝我别出家，我也想通了。前段时间在城里打工，先是在夜总会里当服务员，后来就唱上歌了，没想到我唱歌还真行。现在有个机会，到广州去发展，我想去，我姐姐又不同意，说那种地方女孩子去不得，还说我东一头西一头，到头来没一头落实的。她这话是什么意思？我到处碰壁，还有没有一条路好走！再说了，我不走，她怎么办？她那点心思，别人不知道，我会不知道啊！

说到这里，她突然就怨恨地朝郝明斜了一眼，他们就又停了下来。这里，离灵隐汽车站也不远了。眼前站着的是一个俊逸的姑娘，心里有许多块垒的女子，她被日子磨炼的岁月还长长远远。有些人一辈子就是这样，天生的急不可耐地希望解决眼前的问题。他说：我没听你唱过歌，不过可能你行。你这个人有激情，有爆发力，嗓子嘛——他想了想，笑了，说：现在能唱几句的人，有形象就可以了，倒不在乎嗓子的。

聊胜有点不相信地问：你支持我去广州唱歌？

我什么也不支持，我也什么都不反对。你想干什么，那是你自己的事情。不过我可以给你一点建议：其实想唱歌也不是非去广州的，在杭州一样发展，只要有人听你唱。

那你不觉得这是一个危险的职业？在夜总会里唱歌，会不会离佛更远了呢？

这是要你自己把握的事。

可是你刚才上课的时候说了，佛在寻找真理的过程中，一开始选择了苦修的办法，几乎饿死。后来帝释天弹着三弦琴来启示他，让他选择中道，远离极端，才能接近真理。他这才开始吃饭。这跟我选择了唱歌也没什么区别吧？佛的启示，不就是人首先要活下去的意思吗？

郝明这一次是真正地被她的话逗笑了：你倒是活学活用，立竿见影。

聊胜没有听明白郝明的意思，但她的心情好一些了，不再像上课前一样生姐姐的气，眼前的这个男人也不再让她冒出尖锐的痛苦来了。

车来了，聊胜边往车站走边回头说：以后我要忙起来了，不过我会给你打电话的。

曲院风荷晨练　吴国方　摄于2015年

他就看着这个梳着橛橛头的高个子姑娘走过了书有"咫尺西天"这四个大黑字的黄色大照壁旁。她也回过头来跟他招手，他回应着她的招手，心里生出了另一个人。

前两天鼎鼎被在绍兴的爷爷奶奶接走了，郝明难得有了一点空闲。徒步出门，到岳坟小卖部买了两瓶五年陈老酒、几袋老爸豆腐干和椒盐花生米，权当下酒菜，信步就进了曲院风荷。湖边柳下那张靠椅旁有一丛蔷薇，正好遮了人的视野，就坐了下来，对着瓶口慢慢喝酒。抿一口，就把瓶子放到椅下人看不到的地方，放眼凝视湖面。

薄暮时分，人们来来往往地在他面前走过，

也有人好奇地回头看他。他不时地屏住气，让酒气有节制地微乎其微地散发出去，一会儿工夫一瓶酒就光了。他有些诧异，眼睛也花了起来，就打开那第二瓶。这会儿也不装模作样了，大口地对着酒瓶干饮，一只手拿着豆腐干，酒气浓浓地喷在空气里，和荷香混在了一起。郝明想：好，好，好，这个样子才舒服，物我两忘，不……不，是本来无一物，何处惹尘埃……他嘴里塞着瓶嘴，看见两个人站在他面前。那男的拍拍他的肩，叫了起来：郝工，一个人在这里吃闷食儿！

郝明站起来，一屁股又坐了下去，指着后面的姑娘笑嘻嘻说：海庚你有本事，人家聊胜夜里还要唱歌呢，你把她领出来，要付出场费的哦。

海庚就大笑起来，一把揽过那姑娘说：眼花绿花，番薯南瓜，你看看她是谁？

郝明眯着眼看了一会儿，眼前暮霭沉沉，他奇怪地说：咦，不认识了！

那两个年轻人听到他像孩子一样惊奇的口气，都笑了起来。他自己也笑了，仰天倒下去，靠在椅子上，一边喘着气叹息般地说：搞不懂啊，搞不懂你们了！

海庚坐到他身边一边撸着他的胸口一边说：你连我都搞不懂，你还搞得懂谁？你有没有到过聊胜的夜总会，你看到她露出肚脐眼跳劲舞——你这才要真正搞不懂呢……

郝明已经扑到湖边蹲着，要吐出来的样子，

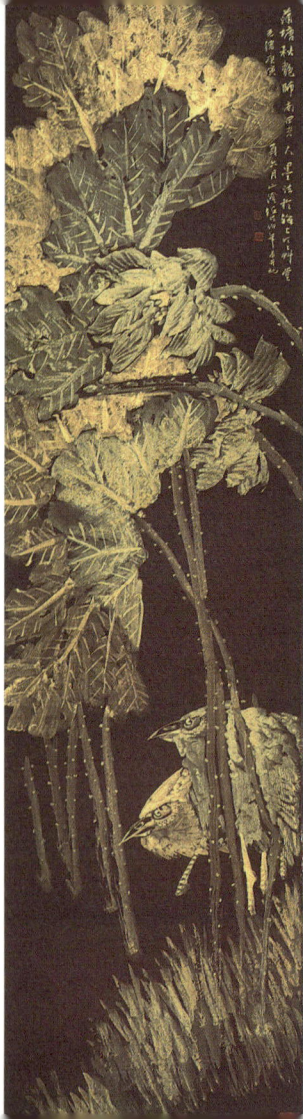

［清］任颐　荷花鹭鸶图

拼命又要咽回去，生荷花的湖水啊，不可玷污的地方啊。他靠在柳树旁，看湖水，指着湖面又叫：耶耶！怎么都在发光了！

海庚的女友又笑，说：不是浴佛节吗？西湖里放荷花灯了。

郝明直起腰来，惊奇地看着湖水，黑丝绒一样的宽大的湖面上，莲花灯渐渐地布满了，水影又滑又浓，倒映荷花，如着红妆，时而连成一片，时而碎成千丝万缕，微风吹来，心旌摇曳，花灯亦摇曳。红火微星，楚楚动人，时远时近，时谷时峰，星丸错落，辉煌烛天，水面又作一色相。他摇晃起来，海庚他们还没看清怎么回事，就听扑通一声，郝明不见了。那新女友尖叫起来：他掉湖里去了！他掉湖里去了！还要叫，就听湖边水里哗啦一声，荷叶旁伸起一个脑袋，说：叫什么，拉我一把！

原来湖边水浅，又加荷叶重叠，郝明没入水中，冒出头来，水只及胸。周围已经有人好奇地围过来了，海庚二人手忙脚乱，忙把郝明拉上来。他水淋淋地挥着手，说：你们快走你们快走，我一个人能对付。海庚新女友看来倒还贤惠，说：你这个样子我们不放心走。郝明就急了，说：不放心什么？又不是投湖自尽，没事，水里浸一浸没事了，快走快走看什么西洋景！

海庚知道郝明要面子，不愿意水鬼一样显在他们面前，于是顺手脱下自己的外套扔给他，拉着女友走了。郝明就重新坐到靠椅上去。水里浸一下，他感觉舒服多了。吐了口气，正要用海庚的衣服擦头发，眼前就有一只手递过一块手巾来，宽大的黑袖口即使在暗夜里也衬出了手腕的白。是聊无啊。他怔了一下，嗨嗨笑起来，说：狼狈！就抓住了那只连着毛巾的手，轻轻地使劲，一边惬意地想：酒这个东西还是好！

现在已经是真正的黑夜了，他一边用聊无给他的毛巾擦头发，一边站了起来，说：佛从他母亲的腋下出生，朝四方各走七步，说，天地之间，唯我独尊。哈，唯我独尊！

聊无默默地看着他，夜里她不像一个尼姑，像个黑衣女郎。他们站着，仿佛两人的故事刚刚开始，又仿佛已经结束。

他从裤子口袋里拉出那顶僧帽，说：我不知道能不能碰上你，是海庚告诉你我在这里的吧？我知道今天你们要到这里来放荷花灯的。看，都湿了，不过很干净。你闻闻，有荷花的香气。他自己就把那僧帽凑到鼻尖来嗅，很贪婪的样子，他还是醉了，把僧帽缓缓地送到聊无面前，说：你闻闻，荷的清香啊！

他是叹息着说的，做梦人的口气。聊无接过帽子：我送你回去吧，你家离这里不远。

郝明看了看湖上，说：你放荷花灯了？

聊无说：我放了。

郝明轻轻地问：你是到这里来会我的吧？啊？你别说你是来放荷花灯，你是到这里来会我的。月上柳梢头，人约黄昏后，朱淑真的诗真是好，真是断肠。你知道朱淑真吗，就住在杭州官巷口，不过是八百多年前的事了。他失意地笑了起来。

聊无退了一步，说：走吧，我送你回家。

郝明摸摸鼻子，跟在她身后，固执地说：我冒犯你了，我冒犯你了是不是？不好意思啊，我真想你。在这样的夜里，我一无所有地想你，我这样一无所有的人正好配得上想你——

酒让郝明骨子里残留的诗意泛起泡沫来了。

聊无的身影急匆匆地在曲院风荷的小桥流水与曲径小路上飘忽着，她的僧衣像戏袍，在暗夜里无声地抖动着。她走在郝明前方，和他隔一段距离，从背影看，她像一个《聊斋》里的凄丽的女鬼。她突然站住了，说：你要离开

［清］董邦达　西湖十景　曲院风荷

曲院風荷
九里松旁曲院
風荷花麗霙照
波紅莫鷺華誤
傳新暘惠旨崇
情大禹同

天竺了是不是？然后又飞快地走了起来。郝明跟在她身后，踉踉跄跄地几乎要小跑起来，一边说：我有一个伟大的计划，一个宏图，一点小小的个人的愿望，我要开一个素菜馆，从佛教中来的素菜。我想挣很多很多的钱，救天下一切受苦受难的灵魂。我是大乘，不是小乘，我是想普度众生的啊！他这么说着，哈哈哈地又笑了起来。

他们在一树花丛的浓荫里站住了，透过树丛，能够看到远远的湖面上的荷花灯群。聊无几乎用严厉的声音说：你答应我照料我妹妹，好不好？

郝明有些粗鲁地打断她的话说：她不会不好的，她比你好，我照料你吧。

聊无别过头去，无声地叹息：喝醉了……

郝明垂头丧气地怔了一会儿，说：明天一定要走吗？

他听到她说：出家人嘛……

郝明抬起头，双眼发光：我们开素菜馆去。

聊无沉默了很久，才说：阿弥陀佛……

郝明抬起头来看她，双手就升了起来，聊无有点紧张地眯起了眼睛，郝明的手掌虚空地握起来，像托着个空心球，从她头上搂起，在她的耳根处虚空地绕了一下，一直就拖下来，直到腰际，说：头发有那么长吧……

聊无严肃地站着，不知是已经打定了主意，还是不知所措，双手合十，闭上眼睛，口中喃喃有词。再睁眼，见郝明脸上挂着两条泪水，

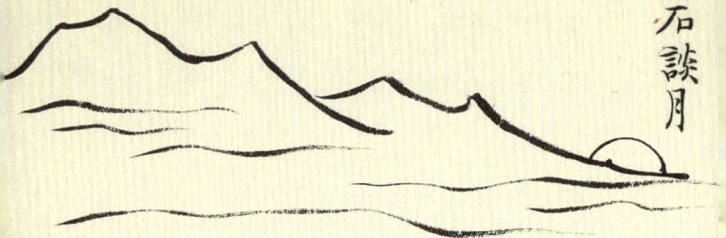

三生石談月

聊无便把手里一直捏着的那顶僧帽伸到郝明眼前，像是想要给他擦去眼泪，却发现那不过是两道细细的光。

聊无又说：答应我，照顾我妹妹吧。就递给他一件东西。她把它包在薄薄的僧帽里，说：碗莲，你会养吗？

郝明接了过来：花开时你也看不到了。

聊无问：上回在三生石你念了两句诗……身前身后事茫茫，欲话因缘恐断肠，还有两句你记得吗？

郝明摇头，他当然记得，但他不想记住，但聊无却念了出来：吴越山川寻已遍，却回烟棹上瞿塘……

下一个阶段郝明忙得很，真的就开素菜馆了。岳庙附近有一家餐馆经营不好要转租，郝明就应了下来，打了牌子是专做寺庙素食的，里里外外一个人抓大头。取了个馆名十分高雅，叫"素食者"。原来以为自己是只能够研究禅净双修的，红尘万丈的事情只能冷眼看世界的，现在一脚踩进去竟也是热火朝天。宁夏的发菜龙泉的香菇，黑龙江的木耳天目山的笋，佛球杨梅，象牙雪笋，植物四宝，佛手金钱……郝明张罗着要开张招聘服务员。

那天下午一时难得清闲，就进来一个姑娘，看着眼熟，记不清哪里见过了，一副短打模样，披头散发，脖子上还有被指甲挠过的红印，站在郝明面前一声不响，楚楚可怜。郝明连忙站起来小心翼翼地说：我们已经招满了，人已经够了。姑娘带着哭腔说：郝工你不认识我了？郝明定睛一看，拍拍脑袋说：是海庚的女友啊……怎么回事？

这姑娘和海庚他们都是一个大类的——都市的闯荡者，好像也是在哪一个酒店工作，之前和海庚似乎已经定下了，怎么突然冒到他这里来了？

姑娘哇的一声就哭了：郝工你要给我做主啊！

郝明想，这是干什么又不是旧社会，嘴里却说：海庚欺负你，我骂他去，你不要哭。

都是那个女人的事情！那姑娘突然叫了起来：这个狐狸精，都是她轧进来的事情。哼，跟我拼，拼得过我，当我手下没人，老娘耳光豁出去，叫她一口气上不来！

郝明吓一跳，如今的姑娘还是超出他想象的。不过现在他已经知道谁跟眼前这酷妞在火拼了，也顾不得问来龙去脉，只问聊胜现在在哪里。那姑娘鼻子哼哼说鬼晓得，反正她是叫了几个人把她放倒了。什么放倒！郝明听不懂，那姑娘领会了，说：谁吃的那么空去做她这种女人，也就是海庚这种呆大会上她的船！

这些话说得让郝明心里真难受，脸上也不好看了，声音大起来说：你废话少说，她在哪里？

姑娘愣了，看着他，突然又哭了起来，说她也不知道。今天到海庚房里去，看这两个狗男女正滚在床上，三个人就打成一团。后来她又去把她的堂兄弟叫来，一脚踢过去，聊胜就翻倒了。她要海庚跟她走，海庚却把聊胜背走了……呜呜呜呜……这个贼坏！也不知道她是骂聊胜还是骂海庚。不过郝明还是听明白了，连忙就回屋去给海庚打手机，打听到正在医院打点滴呢，也就顾不上这个醋海扬波的女子，匆匆赶到医院去了。

医院观察室门口碰到了海庚，没等郝明问他就主动招供：什么都没来得及干，胸罩扣子刚刚解开，这个女人就撞进来——

郝明止住他不让他再说下去，他的脸色难看得要死，海庚还是看出来了，说：她在挂瓶，一点外伤，不要紧。

素春斋　吴国方　摄于1981年

素春斋是杭州专营素食的餐馆，距今已有百年的历
史。其原址位于延安路，现迁至净慈寺旁。素春斋
的素食制作精良，色、香、味俱全；它的素包子非常
有名，很多市民为了买它，不惜远道而来，在门口排
起长龙。

郝明问他打算怎么办，海庚就激动起来，说：你反正知道的，你反正知道我喜欢哪个的。他突然对着他耳根，狠狠地说：我已经把她睡了，怎么样！

原来聊胜在夜总会唱歌，海庚好奇前往，原以为自己早已放下了她，心气还算平静，还把女友也带去看。后来有人在下面起哄送花篮，一来二去，海庚和他们别上苗头了。人家送三只，他送五只；人家小费一百，他三百。夜里还一道吃夜宵去。海庚最近接了几个稍大的工程，发了，腰里有钱，就烧得很。聊胜也怪，从前穷时还那么傲，现在夜总会里歌儿唱唱，脸皮也厚了。吃饭就吃饭，喝酒就喝酒，酒肉穿肠过，佛祖心中留，她用少林寺的词儿当下酒菜。

听海庚颠三倒四一番叙述，郝明真想拍拍屁股走人，想来想去却想到聊无再三托他的事情，这才悟出她姐姐实在有先见之明。只能把聊胜先接到他那里去，于是他严厉地对海庚说：海庚我警告你，你要还有一点点良心，你把事情摆平了再来跟我说话。转过身进了观察室，聊胜刚刚挂完瓶下床，看到郝明还摆出一副天地不管的架势，刚要别转头去，被郝明一把抓住胳膊，连拖带夹地就带走了。

以后的事情又是怎么发生的呢？郝明没法回头想，他什么都经历过了吗？他一直以为自己生活得太深了，地藏王菩萨一样地活到地心里去了。他就想冒出来看一看，透一口气，可他一冒出头就把自己给冒浅了……

一开始连一点征兆也没有。那段日子聊胜也是很安静的，白天精心研究素菜，夜里就坐在桌前用小楷抄《妙法莲华经》——如是我闻一时佛住王舍城……诸漏已尽无复烦恼逮得己利尽诸有结心得自在……

不过你以为她真的很安静吗？佛没有让她安静下来。她在厅堂里走来走去，端菜，招呼客人，但郝明的潜意识是对的，聊胜像火山一样在沸腾——从前仅仅是她的心，现在连带上了她的身体，在一种快感的痛苦中扭曲。郝明还没有意识到更多的，一眨眼，事情就发生了。

"素食者"生意很好，但他一上手就后悔

了，岂止后悔，根本就是厌倦。奇怪的是他越厌倦就越投入，越投入就越厌倦。他一边和要求来合伙开分店的人们碰杯碰得烂醉如泥，一边又在心里说：去他妈的素食者，整一个挂羊头卖狗肉，还不是为了一个钱字。他觉得他应该打出旗号，明明白白写上"为挣钱而吃素"。可他偏偏说要弘扬饮食文化，提倡绿色食品，还在报纸上开专栏，取一个名字也跟着饭馆一起高雅：素食者说。

他这么想着，就对聊胜说：挣钱是可以的，就跟出家是可以的，唱歌是可以的，云游四方也是可以的一样。关键在于你最想做什么……现在我问你，你愿意端盘子吗？我知道你不愿意，比起端盘子，你可能更愿意当歌星。不过你还算运气，世界上你最不适合也是最不愿意做的事情，恐怕就是出家了，你总算没有去做你最不愿意做的。你比我活得明白，最愿意和最不愿意的，你都弄清楚了。我不行，不行，我没弄明白。

这一回聊胜轻而易举地抱住了郝明的腰，她带着一种近乎嘲弄的亲昵的口吻说：行了行了，我知道你不喜欢做生意，可你喜欢女人啊！你难道不知道你喜欢女人吗？你只是不知道你喜欢什么样的女人罢了。

就如五雷轰顶，郝明突然跳起来说：聊胜，我把"素食者"送给你好吗？

然后呢？

然后我就云游四方去了……

曲院风荷

〔明〕孙承恩

虚阁极萧爽，
菡萏摇清漪。
坐来不知暑，
香雾湿人衣。

和姐姐一样？两个苦行僧，说不定就狭路相逢了呢……

聊胜转身就走了。

夏季到了，这是一个太阳特别热烈的季节。午间休息的时候，他想着回家取点东西，结果走进大门就走不进卧室了。门从里锁着，有一种熟悉而奇怪的声音，他推了推，叫了一声聊胜，回答的却是海庚，是他热切的厚颜无耻的声音：郝工你先走开，我和聊胜事情还没有做好。你先走，对不起你先走啊！他几乎就是赶郝明了。

郝明先是下意识地快步离开了房间，在门外走廊里点了一根烟。这还是上午一个客户递给他的，他平时不抽烟。又站了一会儿，就见海庚走了出来，匆忙间连皮带头都拖在腰间，郝明看了恶心。海庚嬉皮笑脸地说：到底还是被你撞着了，我还说撞不着的。饭店中午生意这么好，你也走不开的。这么多天今天头一回让你抓住，我认罚。

郝明头脑昏了半天，说突然想起有要紧事情赶回店里，海庚跟着郝明一起往外走，说，有件事情，今天总要谈掉的，明天就来不及了。郝明看了看天，乌云翻滚，像国产影片里那种英雄就义前的常用镜头，问：有什么事情那么要紧？海庚笑笑，油头汗出，也不知道是兴奋还是热的，说他在广东接了个活儿，明天出发，聊胜答应跟他一起去。这么说着他们已经到了曙光路口，再往前走，西山路口就是曲院风荷的大门口，他们就在这里告别。

她总不能老是给你端盘子吧？再说她是跟我的。我原来也打算让她在你这里过渡一段时间，聊胜一定要跟着去。她说她那个尼姑姐姐正在云游，说不定能碰上，你不是还在等她吗？

海庚最后那么一句，是在七路车站口讲的，把郝明突然说得脸红了。他嘟哝了一句：瞎说什么。海庚一边看着远远来的仿古汽车，一边说：装！谁不知道你是为聊无才出来的，就算人家是胡说，聊胜总不会胡说吧。聊胜说你一直在等她姐姐呢，不相信你回去自己问。这么说着，雨点子噼噼啪啪地下来，他连再见都来不及说，就上了汽车，走远了。

郝明走不了了，此时天气可用狂风大作、雷雨交加来形容。看看雨一时停不下来，干脆就进公园赏荷了。公园里沿小径摆着许多大水缸，水缸里养着各种荷花与睡莲。粉红、洁白、鹅黄的花瓣，衬在乌黑翻墨的天色背景下，娉娉婷婷的，分外袅娜。湖面上几乎一望无际的粉绿墨绿的大叶子，呼啦啦地迎风招展，像万千人在呐喊。风要扯它们远走高飞，它们却伸长了脖子立定脚跟，有时被吹得像那种倒扣的雨伞，露出背面的浅浅的毛绿来，又互相纠缠，左右扑打，像万千鼓面同时大擂。它们狂喜地迎接着来临的一切，倒是有一种大刀阔斧的快感。原来这才是风中的荷啊！郝明把手插在口袋里，嘴里吹着口哨，沿着湖岸缓缓而行，像卓别林似的都市流浪汉。

夜里他回去得很晚，他想也许这样他就不会看到聊胜了，但他还是没有摆脱她。她正在给那株碗莲添水，碗莲长得很好，柔弱无骨的淡红，小小的精致的嫩叶，恰到好处的美。郝明眯起了眼睛，灯光下他看见了那个三生石下为他儿子缝兜肚的粉红色的女尼。

聊胜急匆匆地说：我等不下去了，你再不来我可就要走了。你回来就好，钥匙给你。

话音刚落，一串钥匙就扔了过来，狠狠地甩在他的身上。她拎着包走过他身边，一边气喘吁吁问：见着姐姐，你有什么话要我传？

郝明看看灯下的碗莲，灯下这个鲜花怒放

官巷口　吴国方　摄于2019年

官巷口位于杭州中山中路和解放路交叉口一带,宋
时又称"冠巷",以宋有冠子行而得名。官巷口自宋
时就是繁华之地,珠市、花市都在这一带,元宵节也
会举行灯会。新中国成立后,这里依然是热闹的商
业中心。接待过梅兰芳、竺可桢的百年老店奎元
馆,杭州最早的新华书店都在这里。

的姑娘，这是一个什么样的姑娘啊，其中也参与了他对她的改造吧——是他教导她在这个世界上无所顾忌的，现在她正在成功地实践他的教导。

你打算到南边干什么？他问。

看着办吧，还没想好干什么。也许还到夜总会唱歌。

真打算和海庚结婚了？

聊胜吃惊地看着他：谁说我要跟他结婚了？

那又何必一起去呢？

去闯天下啊。世界那么大，什么样的人会碰不到，我还不得趁着年轻的时候，怎么快活怎么活。

郝明跟她做最后的商量：我是真想把"素

食者"交给你开的，我想脱出时间来多读点书。你不是说过你家欠了很多债吗，经营几年，就能还了这些钱的。

聊胜拎着包站在门口，一只手抓住了门把手说：这话你跟我姐姐说去吧，我要是碰到她，会告诉她的。再说我也不想再吃素了，我生来就不是吃素的人。人人都在吃荤，凭什么我就得吃素。

彼君子兮，不素餐兮——郝明想：她可真不是一个吃素的人。郝明下意识地往里看，他看到了床上端端正正放着的僧帽——现在真的是无话可说了，但他还是说：看见你姐姐，告诉她，碗莲花开了，生得很好。

聊胜开了门，头也不回地走了。郝明就坐

到沙发上去，看着碗莲冥想。突然有人敲门，打开一看，还是聊胜，瞪着他说：想起来了，还有一件事情没做。没等他回过神来，那盆碗莲已经被聊胜高高举起，又狠命地砸在地上，盛花的大瓷碗被砸得粉碎，碗莲委顿在地，轻轻盈盈地摇了几下，奇迹般立住了。

然后她"砰"的一声关了门，扬长而去。

直到那年深秋，郝明没有再去过曲院风荷。不过就是到终于去了的那一天，郝明一开始也并没有意识到是农历九月十九——观世音涅槃日。他在家里整理论文。关于吴越国与佛教的关系，他终于有一个完整的东西来陈述了。对于其中那段关于纳土归宋中佛教所起的关键作

[清]石涛　蒲塘秋影图

用的分析，他还是比较满意的。包括史学家论述这一历史史实，多强调帝王的作用，其实公元九七五年，最后一代钱王做出的这一历史性的决定，和延寿禅师的临终遗言有关。那一年延寿驾鹤归西，为钱王留下了"舍别归总"的遗言。这原来是佛教"六相"教义中的"总相"和"别相"，宗教在这时候的进步意义显现了，郝明感到他的劳动还有意义。

写完最后的日期时，他发现周围一片像老照片一样昏黄，带着浓厚的怀旧色调。他有些吃惊，感觉自己像是被置身到某部老影片里去了。这时，鼎鼎跑了过来，气喘吁吁地叫着：爸爸，爸爸，尼姑姐姐来了。

郝明更吃惊，他记得儿子在绍兴读书了，

怎么突然跑回杭州了呢？不过他也没来得及多想，就问：别搞错了，到底是谁？

刚刚问完这句话，他就发现聊无像是从显影水里显出来一样，从模糊到清晰，站在了他面前。她还是穿着一身僧衣，可头发却长长地一直拖到腰间，松松地扎了一块手帕，倒像日本古典小说里描写的那种典雅的宫廷女子。他激动地呆住了，半天才说：头发长得真快……

聊无就轻轻地缓缓地转了一个身，黑发扬了起来，像在电视里看到的做洗发膏的广告明星，像是要让他能够看得更清楚。然后她辗转朱唇，笑盈盈地说：郝君，我这一头青丝，乃是为你而生的啊。

郝明站了起来，不顾一切地拉着她的手，

又抚爱着她的头发，说：你怎么也不来封信，拍个电报，好让我去接你。

聊无的手臂就像藕一样鲜白，泛着牙白光，正是郝明想象里的那种白。她的黑发散发着奇异的光泽，在黄昏里变幻着种种色彩，像是在舞台的七色灯光下。

她笑盈盈地说：你看，我不是来了吗？观世音涅槃日，我特地等这个日子回来，想约了你今夜一起到曲院风荷再放莲花灯去的。

郝明记不得他们是怎么到了曲院风荷的。但湖上的残荷他是记得的，郝明觉得不可思议，明明已经是黑夜了，怎么湖面会那样明亮，就如一面硕大无比的镜子。荷叶一片金黄，如火如荼，荷的枝梗细脚伶仃地在湖面密密地搭起

曲院风荷

〔宋〕王洧

避暑人归自冷泉，
步头云锦晚凉天。
爱渠香阵随人远，
行过高桥旋买船。

了舞美布景，又倒映在水中，显现出一种幻象。远远望去，对面的南山消失了，被一种脚灯般的白色的光芒遮蔽了。回头看聊无，他发现，聊无的僧衣变成了一件奶白色的类似于古希腊女神般的宽袍。

他问：现在我们做什么呢？

放荷花灯啊！怎么忘了春天我在这里放荷花灯的事了。她有些嗔怪地指指他的额头，他就像那些中国古代的书生一般，痴痴地说：可是我们没有荷花灯啊！

怎么会没有呢？你看看你手里的是什么？

他低头一看，手里捏着那顶僧帽。聊无接了过来，像一个仙女，朝那顶僧帽吹了一口仙气，僧帽就变成了一盏荷花灯。她又把荷花灯

［清］方薰　莲荷

放入湖中，又吹了一口仙气，哦，荷花灯一下子长大了，变成了一艘荷花船。郝明四顾一看，他已经在船上了。他们的荷花舟驶向哪里，哪里的残荷就转败为盛，起死回生，接天莲叶无穷碧，映日荷花别样红。他们就在花丛中穿梭着，让荷的芬芳氤氲他们，渗透他们。

他恍然大悟，原来她就是荷花仙子啊！聊无不置可否地微笑。问道：郝君，什么是"从本以来，性自满足"啊？

是法平等，无有高下。这原是莲宗六祖延寿的法理，是说众生与佛菩萨一样，都具有清净的佛性啊。就如放纵是违背于"本"的一样，禁锢也是违背于"本"的啊。人生来就有欲，饮食男女，都是从本以来的。照本性去生活，我们就和佛意相通了。

她的呵气如荷，干净又性感。这是真实的预兆，以梦来展示罢了——今天不正是放荷花灯的日子吗！

此时群星灿烂，大如箕斗，倒映水中。泛出无数荷花小灯，星星点点，红遍四遭，香气四溢，一切自然，水到渠成……

即便是手执着聊无的僧帽在桌边醒来，郝明也绝不愿意相信这仅仅是南柯一梦——他能够感受到片刻前聊无温柔的带着怜悯与热情的吻。

「荷风」卷处摇「风荷」
——《曲院风荷》言下之意

建于南宋的"西湖十景"，芳名并非一成不变，"曲院风荷"便是其中典型一例。此景位于西湖西侧岳庙前，却是从他处移至此处，为精忠报国的岳飞以荷守灵的。原来南宋年间，朝廷在今日洪春桥畔，建了一座酿制官酒的作坊，坊址约在金沙涧汇入西湖处，故就近取金沙涧溪水造曲。因酿酒需用麴发，故"曲院"原名"麴院"。附近池塘种有菱荷，夏日风起，酒香荷香，沁人心脾，四溢陶醉。"接天莲叶无穷碧，映日荷花别样红"，故人称"麯院荷风"。此言非虚，苏东坡当年守杭，为向朝廷乞疏浚西湖，写奏折报之理由数条，其中有一条十分正大光明——需用西湖之水酿酒，可见当时西湖水之清洌沁心。

宋亡，历元明二朝，麯院荒湮，直至大清，雍正年间《西湖志》卷三记曰："国朝康熙三十八年，构亭于跨虹桥之北，引流叠石为盘曲之势。圣祖仁皇帝亲洒宸翰，改'麯院'为'曲院'，'荷风'为'风荷'，恭制匾额，奉悬亭楣。"

原来说的是康熙南巡杭州，题写"西湖十景"景名，把这个久废的旧景移至苏堤跨虹桥畔，将"麯"字改为"曲"，又易"荷风"为"风荷"，亲书"曲院风荷"四字，立碑建亭。当初天子遗留下来的，亦不过小小庭院一处，湖面荷花半席，一碑一亭，局促于西里湖一隅。

康乾二帝的共性之一，是都喜欢下江南，都喜欢来杭州，都喜欢各处做一些"某某某到此一游"的文化表达，大多就是官阁之体。但这个"曲院风荷"，还是真改得好。有学者论证认为明代就有"曲院风荷"之说了，这并非康熙功劳，然而一锤定音的毕竟还是他。麯成曲，当是湖畔不再酿酒，而"荷风"成就"风荷"，主体就从抽象的"风"易为具象的"荷"。近年扩建，此处已成以荷文化、酒文化为主题的大型园林。张艺谋执导的"印象西湖"，叠加在六吊桥畔的碑亭旁，其间有岳湖、竹素园、风荷、曲院、滨湖密林，亭、台、楼、榭，红莲、白莲、重台莲、洒金莲、并蒂莲……素素然自开自谢，花轻如梦、残荷滴愁、隔空传音的江南气韵，呼之欲出，恰好为"曲院风荷"做了注脚。

作为一部中篇小说，故事围绕聊胜、聊无两姐妹与一位青年佛学研究者郝明的情感纠缠展开。没错，这当然是一部爱情小说，哪怕小说女主角已削发为尼，而小说男主角则是一位研究宗教的无神论者。故事本身不过一场三角恋爱，男主角暗恋禁欲主义者的姐姐，而在禁欲和纵欲间徘徊的妹妹则狂追男主角，这个套路并不离奇，却因发生在曾经的东南佛国杭州，佛教文化成为整个故事的深远背景，故具备了某种对信仰和人性的解读及践行。

对立的形态总是偏偏要置身于一处的。比如西湖以西子为形象代言人，英雄美人，缠绵缱绻，恋恋红尘，同时便又有众多高僧衲子、处士贤人来做了湖上的云游行脚。

我在小说中是以灵隐寺的考古发掘起始开头的。这事完全可以当现实中的新闻报道来读，研究考证，时间地点，不曾差池。话说东晋咸和初年，天竺僧人慧理来杭，建灵鹫、灵隐、下天竺翻经院等五刹，此乃杭城建寺之始。至南北朝梁武帝这个皇帝菩萨在位时，又赐田扩建灵隐寺，从此杭城佛寺建立仪制，且粗具规模。中唐朝廷崇佛，杭州寺庙遍布湖山。五代吴越建都杭城，钱王们以佛顺天，吴越寺庙倍于诸国。至宋，有苏轼诗为证："三百六十寺，幽寻遂穷年""高堂会食罗千夫，撞钟击鼓喧朝晡"。南宋建都临安（杭州），众多佛寺成家庙，明代限佛，清初康乾两朝呈中兴之势。

杭城佛教，千八百年，圣吹法者相继。高僧大德接踵。唐有道标、圆修、法铣、法钦；吴越有德韶、延寿、皓端、赞宁；宋时有圆照、辨才、宗杲、元聪、师范、虚堂；元时有天目高峰，中峰；明时有宗泐、溥洽；明万历年间（1573—1620），憨山德清、云栖袾宏、蕅益智旭、紫柏真可四大高僧鉴于明世宗以来佛教衰微，奋力弘佛。身体力行，著书授徒，云游四方，调和各派，艰苦卓绝，冒杀头入狱之险而不惧，使佛教渐渐复兴，走出低谷。他们的活动基本就在杭州。主张三教一致，禅净双修，为"云栖宗风"。净土法门成为杭城佛教各宗的共同信仰归宿，其影响延续至今。

历史上的杭州在西湖周围形成了以灵竺寺为中心的北山寺庙群和以南屏净慈寺为中心的南山寺庙群，两山的香市热潮深刻影响了市民生活，并随着时代和政治的变迁数度转移。比如南宋爱国僧侣不满朝廷苟安和佛寺家庙化，一批高僧出走；而大慧宗杲在径山则以"看话禅"独树一帜，径山寺成为爱国僧侣、爱国将领、爱国诗人云集之处，被誉为"东南第一禅院"。

虽然我们介绍了杭州禅宗的面貌，但走向日本的禅宗却没有延续中国本土的风格，中国之佛教，由于庙会的存在，民俗与日常生活的气质很是稳定，和日本文化的侘寂风大相径庭。《曲院风荷》这个故事的文化背景，正充满了入世的人间烟火。无论男主人破碎的家庭，还是两姐妹的曲折经历，无一不和物质世界的万丈红尘紧密相关。

然而这个故事的指向却并非道德伦理，凡是有关真正爱情的故事，无一不是指向审美。故我想切入的并非欲望的道德评判，而是欲望的审美评估。我们知道佛教的生活态度是否定欲求的，禁欲是否定人间生活的规则，纵欲则相反。然而，在男主角郝明的感官世界里，他下意识地感受到禁欲恰是最性感的那一面。

在小说中有一段这样的叙述：

郝明目光移过来，看见一尊侧身的"佛像"，由一些灵动和起伏的曲线构成。端正坐着，双眼低垂，双手合十，因为手紧挨至胸下腹部处，便高高地凸出了胸，一道极有弹性的抛物线自脖子以下隆起又凹下。她的双肩也是两道顺流而下的线条，流畅地自上而下，又自下而上，直至手指尖。这个已经剃度的女尼，头形浑圆，饱满的线条从前额划过头顶，有力而缓慢地引向后脑，略略地隆起，最后才一气贯通地连接了颈项。

她穿着一身灰色僧衣，脚蹬一双皂鞋，坐在鼎鼎身旁，嘴里呢喃，那是在诵念阿弥陀佛吧。从侧面看，她那两片嘴唇如花朵在微风里轻轻颤动，侧面的线条再往上攀缘，鼻梁坚挺，直射向眉心，额头因为剃度的关系，显得开阔。而从唇的花朵往下展示，则是一条略略丰满的下巴的曲线，微妙地起伏着，与前颈收合。她的眼角处微微有些上挑，她的双颊圆润，和双肩一样温柔。她的形态神色，让郝明想起了散落在杭州郊外山间的一些观音像——应该是烟霞洞口的那两尊佛像吧——郝明虽然研究佛教，离婚，但绝不妨碍他成为一个美女的秘密崇拜者。

他不动，也不吭，怕惊动了天神似的立在窗前。也不知是不是眼睛看花了，他发现那两瓣花唇抖动得厉害起来，因为剃度后显得格外白皙的耳根，飞快地泛红了。俄顷，便见她站了起来，低垂着头，口中念念有词，轻轻移向门口。她的长袍底边窸窸窣窣地抖动着，像古装戏里那些浮动在舞台上的女人。她经过郝明身边时睫毛像蜻蜓翅膀一样颤抖，片刻间消失在廊庑尽头。

另外还有一段场景安排在三生石旁：

阳光嗡嗡地响，像蜜蜂飞舞。郝明发

现她变成粉红色，显然这是因了阳光。他伸出手，手掌朝天，仿佛阳光和雨点也是可以落在手掌上带回去的。郝明……两只手被青草汁染绿了。他抬起头，朝聊无笑笑，是个苦笑。聊无一直怔着，手里端着针线……不由得也接着那笑牵了一下嘴角，手就下意识地举着针往头上篦去……那针尖就刺在头皮上，长长地从有着青青发根的白肤头顶心划过，顿时就划出一条白印子，转眼又从那白印子上渗出一条血丝来。郝明想也没想，站起来一步上前就用手按住她的头顶心，一边说：不要紧不要紧，擦破了点皮，不要紧。……阳光这下子是响声大作了，这对男女却了无声息。郝明另一只手抱着聊无的肩，愣了一会儿才放开。那只按着头皮的右手也离开了，青草汁染绿的手掌上沾着些许血渍，这只手就红红绿绿的了。

写到此处，突然想起大学时代疯狂追日本大明星高仓健的往事。那个面无表情、冷峻神秘的杜丘，一个人就扫荡了屏幕上的一批"奶油小生"。还有《红楼梦》中妙玉品茶时的那种独特的倾斜之美，那是只有当人修炼到贾宝玉的境界才能体验到的。

然而我自然亦不是一个禁欲主义者，我也不会真正认为现实生活中的青灯黄卷是最美的。但我欣赏收敛、控制、有定力的表达，包括人对欲望的有意识的钳制。

有时，在精神范畴的边缘上行走，生活会呈现出毛茸茸的质感，有些怪异，但又不失分寸，这也恰是"放纵"永远到达不了的人性的高级品相吧。

附录

康熙与云林禅寺

玉泉　峤

岳王坟

尽忠报国

栖霞岭

岳王庙

翠积黄山

神洞

白沙泉

风林寺

曲院风荷

玉带桥

苏堤春晓

康熙皇帝下江南，来到了杭州。他在西湖四周到处游山玩水，吟诗题字，自称是个风雅的皇帝。

一天，他要到灵隐来耍子了。

灵隐寺里的老和尚得知消息，真是又惊又喜，连忙撞钟击鼓，把全寺三百多个和尚都召集拢来。和尚们披起崭新的袈裟，头顶檀香，手敲法器，嘴里念着"南无阿弥陀佛"，大家跟着老和尚，赶到一里路外的石莲亭，把康熙皇帝接到灵隐来。

老和尚陪着康熙皇帝，在寺前寺后、山上山下游玩一番。康熙皇帝见到灵隐有高高的山峰、清清的泉水，山上长满绿莹莹的树，地上开遍红艳艳的花，真是一个好地方呵！他心里一高兴，就吩咐人在寺里摆酒用膳，想多耍一会儿。

皇帝摆下酒席，可热闹啦！吹的吹、弹的弹，唱的唱，一时间，竟然把这个佛门净地变成了帝王之家！康熙皇帝一手拈着山羊胡须，一手捧着酒盏，又灌黄汤又吟诗。

老和尚早听说过康熙皇帝喜欢吟诗题字。这时见他那摇头晃脑的样子，便悄悄跑过去找个跟随康熙皇帝的地方官商量道："大人老爷呀，我想求求皇上给我们山寺题一块匾额，你看行不行呀？"

杭州知府听了听，点点头说："才好哩，如果皇上给灵隐寺题了匾额，连我这杭州府也都沾了光啦！"

钱塘县官也接上来说："皇上酒兴正浓呢，你这辰光去求他题匾，我看一定能答应。"

老和尚心里落了实，就壮了壮胆子，走到康熙皇帝面前跪下去磕头，说道："皇上呀，看在灵隐寺大菩萨的面上，替山寺题块匾额，也让我们风光风光吧！"

老和尚这一请求，正好搔着了康熙皇帝的痒处。他点了点头，忙吩咐手下人摆好纸笔，抓起笔"唰唰"几下，就写起一个歪歪斜斜的"雨"字。这辰光，他差不多快喝醉啦，手腕有点发颤，落笔又太快了些，这个"雨"字竟占了大半张纸！灵隐寺的"灵"字，按老写法，在"雨"下面还有三个"口"和一个"巫"，是个"灵"字呵！现在只剩下这小半张纸的地方，随你怎样也摆不下了。重新写一个吧，那多么丢脸呀！康熙皇帝一只手抓着笔，一只手不住地拈他那撮山羊胡须，可是一点办法也没有。围在旁边的官儿们，明知道康熙皇帝下不了台，但是谁也不敢明说，只有站在旁边干着急。还好，有个大学士名叫高江村的，想出了一个办法，他先在自己手掌心写了"云林"两个字，装作去磨墨的样子，挨近康熙皇帝身边，偷偷地朝着康熙皇帝摊开手掌。康熙皇帝一看，哎呀，这两个字真是救命王菩萨呢！欢喜得连酒也醒了一半，就连忙写下了"云林禅寺"四个大字。写完，把手一扬，将毛笔抛出老远。

老和尚过来张张，不对呀！"灵隐寺"怎么写成"云林禅寺"呢？他也不看看风色，就结结巴巴地问："我们这里叫做'灵隐寺'，不叫'云林寺'呀！是不是皇上落笔错啦？"

康熙皇帝听了，把眼睛一瞪，喝声："放屁！"老和尚哪里还敢再开口，只好恭恭敬敬地立在旁边了。康熙皇帝回过头来，问官儿们："这地方天上有云，地上有林，你们说说，把它叫做'云林寺'好不好？"

"好呀，好呀，皇上圣明！"

听官儿们七嘴八舌地奉承他，康熙皇帝乐得哈哈大笑，便吩咐快把匾额雕起来。

皇帝一句话，官儿们就忙开啦。他们一面叫人将灵隐寺原来的匾额换下来，一面找来雕花匠，把康熙皇帝写的"云林禅寺"四个大字雕在红木匾上，贴金底，黑漆字，边上镶了二龙戏珠，当场挂到山门上。

从此以后，灵隐寺就挂着稀奇古怪的"云林禅寺"大匾额。但是，杭州的老百姓并不买他的账，尽管"云林禅寺"这块匾额一直挂了三百年，大家却仍然称呼这儿为"灵隐寺"。